Herbstblätter

Kurzgeschichten, heiter und wahr

von

Fred Casadei

© 2016
Herstellung und Verlag: BoD – Books on Demand, Norderstedt.
ISBN: 97837431266911

Hinweis:

Die geschilderten Geschichten haben sich so wie beschrieben in meinem Leben abgespielt und wurden weder geschönt noch zurecht gebogen. Dies soweit sie Handlungen darstellen und keine reine Glossen sind.

Namen realer Personen, mit Ausnahme öffentlich breit bekannter Persönlichkeiten, wurden zu deren Schutz durch Pseudonyme oder durch eine Abkürzung ersetzt.

Inhaltsverzeichnis

NÄCHTLICHE STÖRUNG 6

DIE SONNENMÜHLE 8

„LEBENSLÄNGLICH" 12

NICHT WAHRGENOMMENES GLÜCK 15

VERSCHIEDENE DENKWEISEN 17

KEINER ZU KLEIN, EIN AKADEMIKER ZU SEIN! 21

PROVENZALISCHE UNZULÄNGLICHKEIT 25

ERSTE BEGEGNUNG AN BORD DER MS EUROPA 36

ÖSTERREICHER IN DER EIDGENOSSENSCHAFT 38

PARTEIPROGRAMM DES CORRADO TEDESCHI, ... 40

TARTE TATIN 42

KLEINE ABENTEUER MIT EINER GROSSEN SPRACHE 46

BERUFE UND IHRE METHODEN 52

VERSTREUT---ZERSTREUT 59

UNGERECHTIGKEIT IST DER WELTEN LOHN 61

DIE ALPEN EIN GEBIRGE? EHER EIN GRABEN! 69

ES MUSS EINMAL GESAGT WERDEN! 74

VON ROM FÜHREN ALLE WEGE NACH…TIVOLI! 85

DER ÖFFENTLICHE VERKEHR IN ROM 101

EIN FLUG NACH PARIS… 108

LÜGENBARON 113

Nächtliche Störung

April 2016

Seit einem Jahr gehört zu unserem Haushalt ein schöner rotbrauner Kater, der uns als Adoptiveltern ausgesucht hat. Ein sehr liebes Tier mit viel Bedürfnis nach Streicheleinheiten und Anerkennung. Er ist gesellschaftsfähig und unerziehbar wie die meisten Katzen. Kurz wir lieben ihn. Sobald ich nachts meine Tür in den Garten offen halte, ist mit nächtlichen Besuchen seinerseits zu rechnen. Da springt er auf mein Bett und kuschelt sich an meine Seite. Ein Holzgitter wurde eigens gegen seine Zudringlichkeit gebaut. Dieses war an diesem Abend allerdings nicht eingehängt.

Ich schlief tief, als er um zwei Uhr morgens diese Nachlässigkeit ausnutzte und zu mir ins Bett sprang. Er wedelte mit dem Schwanz oder kratzte in schneller Folge sein Kinn, das ihn immer sehr juckte. Das machte mich halb wach. Ich stiess ihn mit einem Bein sanft vom Bett, aber er kam -unfolgsam wie er ist- von Neuem. Er lastete schwer mit seinem Gewicht, auf meiner Schmalseite balancierend, mein Kopf knapp erreichend und wippte rhythmisch mit seinem ganzen Körper so stark, dass ich vollends aufwachte und ihn mit Schwung von meiner Schulter fegte. Er wollte mich offensichtlich wecken, was gar nicht zu seinen bisherigen Zügen passte. Ich begann ihm eine klärende Gardinenpredigt zu halten und sah, dass er neben meinem Bett am Boden sass. Im schwachen Scheine des Projektionsweckers wirkte er grösser und schlanker als am Tag. Zudem schienen seine Ohren doppelt so gross wie normal.

Ich machte Licht und neben mir sass ein Rotfuchs, der mich ängstlich anstarrte. Er war noch nicht ganz erwachsen und etwa doppelt so gross wie unser Kater. Meine Gestik verstand er leicht und schlich vor meine Tür, wo er wiederum mit Geduld auf etwas wartete, was bis heute ungeklärt bleibt.

Er wurde dann unhöflich ausgesperrt und zog von dannen.

Ich dachte mir, ich lebe offensichtlich an einem Ort wo sich Physiker und Füchse "gute Nacht" sagen.

Am nächsten Morgen kam der Kater und stellte klar, dass er mit der Sache nichts zu tun habe. Ich dachte: "Gott-sei-Dank" er lebt noch.

Die Sonnenmühle

F. Casadei 1995

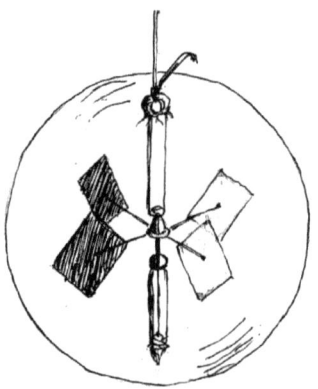

Es war im Herbst 1971 als nach langem und mühsamem Sommer die theoretische Prüfung in Physik bestanden war. Ich war stolz und erleichtert, denn die Materie mit Quantenmechanik, Relativitätstheorie und Elementarteilchen-Physik ist anerkanntermassen nicht einfach. Am Samstag schwebte ich durch die Messestände vor der Universität und interessierte mich für vieles, wofür ich in letzter Zeit überhaupt kein Auge hatte. Dabei kam ich an einem Stand vorbei, der schöne und vor allem billige Sonnenmühlen feilbot. Diese Dinger, die in einer Glaskugel ein vierflügeliges, auf spitzer Nadel gelagertes drehbares Kreuz mit leichten Glimmerplättchen tragen, welches sich mit Licht in eine Drehbewegung versetzen lässt.

Ich stand schon als Bub vor dem Optikerladen und bestaunte das Phänomen. Damals kosteten diese -auch Radiometer geheissenen- optischen Apparate mehrere hundert Franken. Sie waren typischerweise auf einem vornehm gedrechselten Ebenholzfuss montiert. Diese hier aber kosteten nur zwanzig Franken. Dafür musste man sie auch mit einem Faden an einer Glasöse aufhängen.

Ich erstand mir zwei und war sehr angetan von meinem Besitz. Inzwischen kannte ich ja die Grundlagen der geheimnisvollen Kräfte aufs Beste. Hat mich ja auch einige Anstrengung gekostet. Und eben das erfüllte mich mit Genugtuung.

Gegen fünf steuerte ich meinen Schwebeflug gegen das Elternhaus, wo meine Mama nach Ladenschluss regelmässig ein Teekränzchen mit guten Bekannten und vor Ladenschluss heraufgebetenen sympathischen Kunden zelebrierte. Es war ungeschriebenes Gesetz, dass die "Kinder" dabei zu sein hätten und ihre gute Erziehung wenigsten einmal in der Woche vorzuweisen hatten. Nun, diesmal ging ich ganz gern hin, denn ich hatte ja was vorzuweisen, geistig und materiell. Die meist älteren Damen wären sicherlich interessiert. Da ich meist der einzige Mann im Hause war, genoss ich viel Vorschuss an Anerkennung und Vertrauen.

Die Damen sassen bereits beim Tee und die Unterhaltung bewegte sich im üblichen kultivierten Rahmen, indem exakte Wissenschaften keinen Platz fanden. Physik war ihnen ein Buch mit sieben Siegeln. Trotzdem weckte meine Glaskugel ihr Interesse, nachdem eine Zimmerlampe den Flügel in Bewegung versetzte.

"Geht das mit Wärme", fragte Alabästerli -sie wurde wegen ihrer schönen, weissen Hautfarbe so genannt- und schaute mich interessiert an.

Jetzt kam meine Stunde: "Nein mit Wärme hat das gar nichts zu tun. Das ist ein Lichtquanteneffekt! Der Photonendruck tritt mit dem Gerät in Wechselwirkung, denn - seit Einstein wissen wir, dass Licht auch korpuskularen Charakter hat und...".

Das verzweifelte Gesicht meines Vis-à-vis' und die fragenden Mienen der übrigen Damen liessen mich einen Gang zurückschalten: "Also man muss sich das so vorstellen: die Lichtstrahlen -in vielen Fällen eine reine Wellenenergie- verhält sich hier als Korpuskelstrahl, der auf die Flächen des Flügels trifft. Auf der glänzenden Seite wird der Strahl zurückreflektiert, während er an der geschwärzten absorbiert wird. Dadurch erhält die spiegelnde Fläche etwa den doppelten Rückstoss wie die schwarze und das Rad dreht sich. Oder noch einfacher: wirft man in schneller Folge Tennisbälle an eine Wand, so wird diese mit grösserer Kraft nach rückwärts gedrückt, als wenn sie zum Beispiel mit weichem Lehm eingestrichen wäre und die Bälle jeweils stecken blieben. Ich glaube das sollte einleuchten", schloss ich.

Alabästerli versuchte das zu verdauen. Nach einer Weile fragte sie -alle Anwesenden hörten immer noch aufmerksam zu- "Wenn ich dich richtig verstanden habe, müsste sich also der glänzende Flügelteil vom Licht wegdrehen und der schwarze auf ihn zu".

"Du hast es verstanden", lobte ich sie.

Sie verfolgte das Drehen des Sonnenmühlerads weiterhin aufmerksam und sagte dann etwas gequält: "Aber es dreht sich genau umgekehrt!"

Ich traute meinen Augen nicht. Tatsächlich, die schwarze Seite entfernte sich vom Licht. Meine Theorie konnte offensichtlich nicht stimmen.

Mit einigen gemurmelten Bemerkungen über die ausgezeichneten Beobachtungsgaben der Damen verabschiedete ich mich bald, der Peinlichkeit ohne allzu grossem Aufsehen aus dem Wege gehend.

Mein Laborkommilitone lachte am nächsten Montag und erklärte: die durch das Licht erwärmte schwarze Fläche ist durch die stärkere Brown'sche Bewegung ihrer Moleküle grösseren Stössen mit dem Restgas in der Kugel ausgesetzt und dreht sich deshalb vom Licht weg. "Mein Effekt", hingegen sei viel schwächer und nicht im Stande den Flügel zu drehen.

Auch der höfliche Hinweis eines Physikprofessors, 24 Jahre danach, ein heutiger Laser könne "meinen" Effekt wahrscheinlich zeigen, kann nach all der Zeit nichts mehr retten.

„lebenslänglich"

juristisch, linguistische Feinheiten

März 2007

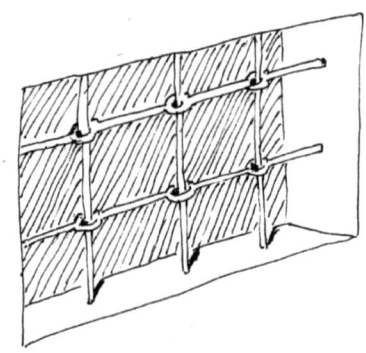

Um Recht zu sprechen, braucht es klare und eindeutige Formulierungen. Die Möglichkeit von Missverständnissen wäre in rechtskräftigen Urteilen eine Katastrophe, wie man sich leicht denken kann. Die juristischen Sprachformen sind oft so klar und eindeutig, dass sie – ausser Juristen- keiner versteht. Gesetze sind ja auch nicht für jedermann geschrieben, sie müssen nur durch jedermann befolgt werden. Dennoch ist es bei Urteilen mitunter von Interesse, zu verstehen, wie lange man hinter schwedischen Gardinen zu sitzen habe.

„Lebenslänglich" kann ein solches Urteil heissen, zumindest in Deutschland. Und damit beginnt für den juristischen Laien eine Reihe von Verständnisschwierigkeiten. Unzählige Fragen bleiben ungeklärt. In der Hoffnung schlauer zu werden, wendet man sich in seiner Verzweiflung an die Fachleute:

Lebenslang bedeutet zunächst ein ganzes Leben lang. Also von der Geburt bis zum Tod. Wenn einer *lebenslang* sitzt, so kommt er ein paar Sekunden nach seiner Geburt ins Kittchen und bleibt dann dort bis er horizontal herausgetragen wird. Das impliziert das Vorhandensein etlicher Gefängnis-Hebammen, die die straffälligen Säuglinge gross ziehen, was an sich schon ein Unding wäre. Schwierig verständlich bleibt aber noch die Frage, was ein Säugling in den ersten paar Sekunden seines Lebens angestellt haben könnte, dass er dafür *lebenslang* bekam. Diese Interpretation von *lebenslang* lässt sich daher kaum vertreten. Vielleicht meinen die Juristen *restlebenslang*. Das wäre dann nur noch vom Tag der Verurteilung an bis zum Lebensende. Gut, so könnte das gemeint sein.

Aber dann kommen einem wieder Zweifel. Beim Urteil: „*fünfmal lebenslang*" würde das erste Leben im Knast erst mit der Verurteilung beginnen, die restlichen vier Leben aber doch wieder von Geburt an. Und da haben wir wieder die oben geschilderten Schwierigkeiten. Dieses Beispiel birgt aber noch einige andere Verständnisschwierigkeiten. Wie finden die Juristen- oder wer immer diesen Job ausführt- den alten, neugeborenen Delinquenten? Kann man ihm vor seinem Tod noch ein unverlierbares Merkmal anhängen, sodass man ihn im nächsten Leben eindeutig identifizieren kann? Was aber, wenn er in einem ganz anderen Land reinkarniert? Da braucht es doch internationale Zusammenarbeit, an die niemand ernsthaft glaubt!

Schlimmer wird's, wenn der mehrfach *lebenslang* Bestrafte gar nicht mehr als Mensch auf die Erde zurückkehrt, sondern beispielsweise als Elefant. Haben wir geeignete Haftzellen dafür? Was, wenn er als Wurm neu auftaucht? Nun die Zellengrösse wird da nicht das Problem sein, aber wie finden? Unlösbar scheint mir auch die Arretierung, wenn der Verurteilte als Virus wiederkommt. Fragen über Fragen!

Kürzlich geschah etwas völlig Verrücktes, das aber vielleicht Licht in das juristische Tohuwabohu bringen könnte: Eine *fünffach lebenslang* Verurteilte wurde nach 24 Jahren Haft freigelassen. Es braucht wahrhaft keine Mathematiker, um herauszufinden, dass lebenslang daher 4,8 Jahre lang sein muss. Wie um alles in der Welt kommen Juristen auf die Idee, ein Leben mit 4,8 Jahren zu veranschlagen? Das ist für Laien kaum nachvollziehbar. Aber die Probleme bleiben bestehen: mit einem zu 50 mal lebenslänglich Verurteilten schliddert man wieder in die gleichen Probleme wie oben.

Könnte es sein, dass die 24 Jahre ein Maximalmass darstellen. Dass also die Gefängnisstrafe in jedem Fall nach 24 Jahren beendet ist? Auch das löst die Probleme nicht! Denn was soll dann ein Urteil in Lebenslängen? Es wäre doch viel einfacher zu sagen: Höchststrafe und das wären einfache 24 Jahre. Danach könnte wieder Gras darüber wachsen.

Nicht wahrgenommenes Glück

August 2016

Es war während unserer Studienzeit im Exil. Mein Studienkollege und ich hatten eine gemeinsame Wohnung am Rand von Oerlikon, ein Kaff im Umfeld von Zürich. Das Haus lag direkt an der Tramlinie 13, sodass wir vom Minibalkon aus das breite Trottoir vis-à-vis der Schienen überschauen konnten. Hier gab es eine Quelle, aus der wir uns mit Zigaretten versorgten, denn wir rauchten damals fast alle wie die Türken.

Wir erwarteten zum Mittagessen einen weiteren Kollegen, den wir als Kandidat für unsere Wohngemeinschaft erwählt hatten, denn mein Wohn-Kollege hatte sich entschlossen, das Studium für zwei Semester zu einem Sabbatical zu unterbrechen, sodass sein Wohnanteil frei wurde. Der Erwartete kam zu spät. Wir beide spähten via Terrasse raus, ob er nicht endlich erscheinen würde.

Und tatsächlich, er kam per Sportwagen, parkte auf dem breiten Trottoir und holte sich ein Paket Zigaretten.

Kaum ausgestiegen, setzte sich das schöne Fahrzeug langsam in Bewegung und rollte Richtung Tramschienen. Von unten her kam auch bereits ein Tram und es war abzusehen, was nächstens passieren würde. Wir beide schrien uns die Kehlen aus dem Leib, um ihn auf die drohende Gefahr aufmerksam zu machen. Doch unser Kandidat hörte nichts.

Nachdem sich der Wagen zirka 200 m bewegt hatte, kam er wie ein Wunder wieder zum Stillstand. Er war gefährlich nahe zum Trottoirrand gekommen, aber er stand. Unser Freund kehrte von seinem Einkauf zurück, marschierte, ohne auch nur das Geringste bemerkt zu haben, zu seinem Fahrzeug, stieg ein und steckte sich eine Zigarette an. Zwei Minuten später war er bei uns und fragte warum wir beide so entsetzte Gesichter machten.

Ich hatte den Eindruck, dass er unsere Erklärungen nicht ernst nahm. Vielleicht glaubt er uns bis heute nicht.

Verschiedene Denkweisen

September 2013

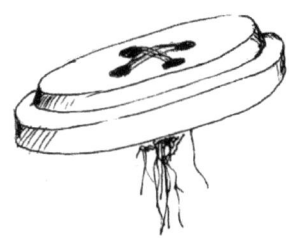

Ich hatte das neue schöne Hemd, welches mir meine Frau zum 30. Hochzeitsjubiläum geschenkt hatte kaum einmal an und schon war ein Knopf an der Manschette verschwunden. Kein gewöhnlicher Knopf, nein, einer der Sorte, die man nie mehr in irgend einem Geschäft wiederbeschaffen konnte. Ein Geständnis hätte eine unangenehme Gardinenpredigt zur Folge gehabt, die mit Vorwürfen und dem Hinweis auf meine Undankbarkeit geendet hätte. Ich dachte, vielleicht hat Frau Schramm, unsere Putzfrau, die letzte Woche bei uns war, den Knopf gefunden.

So entspann sich folgender Dialog quer über den Korridor:

Christine, wann kommt Frau Schramm wieder?

Warum. Hat sie wiedermal bei dir nicht sauber geputzt? Das ist mir jetzt schon ein paar Mal passiert. Vielleicht müssten wir uns bei Gelegenheit nach einer anderen Putzfrau umsehen. Wenn das nur nicht so schwierig wäre. Heutzutage kriegt man solche Hilfen nur noch unter der Hand.

Nein, nein bei mir ist alles sauber, äh, soweit ich das beurteilen kann.

Weisst du, es ist schon wirklich schwierig mit dir, du siehst nicht einmal, ob etwas sauber ist oder nicht. Ich hab dir schon ein paar Mal gesagt, dass du dich hin und wieder auch mal mit normalen Dingen befassen solltest, sonst verlierst du den Bezug zur Wirklichkeit noch vollständig.

Der Bezug zur Wirklichkeit ist momentan Frau Schramm!

Oho, sag mir nicht, du hättest ein Verhältnis mit Frau Schramm. Du in deinem Alter! Frau Meier nebenan vermutet auch, dass ihr Mann mit der Postbotin was hat. Ihr solltet euch was schämen, nach so langer Ehe. Wie kannst Du mir so was verheimlichen?

Ich habe nichts zu verheimlichen.

Ich werde mit Frau Schramm ein ernstes Wörtchen reden, wenn sie das nächste Mal kommt. Dann werden wir ja sehen.

Wann ist das nächste Mal?

Du weisst doch, dass sie jeden zweiten Dienstag um zwei kommt. Das tut sie schon seit über dreizehn Jahren. Das nächste Mal muss sie allerdings ihren Enkel hüten und da ist es unsicher, ob sie nachher noch kommen kann oder nicht. Der Enkel ist ja so süss. Ich kann gut verstehen, dass sie ihn gern mal bei sich hat. Die Tochter gibt ihn nur ungern her. Sie sagt, die Oma verwöhnt ihn zu sehr. Es sei immer schwierig, ihn nachher wieder ans normale Leben zu gewöhnen. Und da hat sie recht. Das war bei unserem Enkel genauso. Mutti hat ihn viel zu stark verwöhnt. Weisst du übrigens, wie es ihm in Japan geht? Hat er mal telefoniert? Mit mir redet er ja fast gar nicht, er sagt immer, Telefonate mit mir seien ihm zu teuer. So ein Frechdachs. Soll er doch seine Hemden mal selber bügeln.

Kannst du mir die Telefonnummer von Frau Schramm geben?

Was willst Du denn von ihr. Ist das so dringend, dass es nicht bis zum nächsten Mal warten kann? Wenn's bei dir zu staubig ist, kannst du ja mal selber einen Lappen in die Hand nehmen. Dabei ist noch keinem ein Zahn ausgebrochen. Dein Interesse für Frau Schramm macht mich noch ganz nervös. Wenn du mir nicht sagst, was du von ihr willst, kann ich dir auch nicht helfen. Ich bin schliesslich keine Wahrsagerin, äh, keine Wahrseherin. Ich finde überhaupt, dass du den Kontakt mit Frau Schramm mir überlassen solltest. Die arme Frau kommt ja so ganz durcheinander. Was soll sie auch von uns denken, wenn wir dauernd hinter ihr her sind. Jeder Mensch braucht seinen ganz gewissen Freiraum, sonst fühlt er sich eingeschlossen und verkümmert seelisch. Sie freut sich immer, wenn sie mit mir ein paar Worte wechseln kann. Letzthin haben wir über Gott und die Welt gesprochen. Sie erzählte mir, sie hätte in deinem Schlafzimmer einen Knopf gefunden. Du weisst schon vom neuen Hemd. Ich habe ihn wieder angenäht. Sie bügelt übrigens auch die Hemden für ihren Sohn, wie ich. Der bringt ihr aber immerhin hin und wieder ein paar Rosen. Der macht sowas ja nie. Er könnte sich auch einmal anständig bedanken. Er ist doch immerhin schon über dreissig. Es wäre wirklich an der Zeit, dass er endlich eine Frau kriegt. So kann das ja nicht weitergehen. Meinst du nicht auch?...

Hallo Hans, hörst Du mich noch...

Keiner zu klein, ein Akademiker zu sein!

November 2015

Es gibt überzeugte Anhänger des Anglo-Amerikanischen Bildungssystems. Sie begrüssen den freien Zutritt zu Hochschulen für Jedermann und lehnen elitäre Selektionsverfahren vor der Zulassung ab. Dementsprechend ufert das Angebot an Unterrichtsfächer aus und macht einer Art Volksuniversität Platz. Erstaunlicherweise bleibt das hohe Bildungsniveau trotzdem erhalten. Ich bin ein Gegner dieser Tendenz und hatte das Glück noch knapp vor der Einführung von Bachelor und Master meine Studien an den Hochschulen in Zürich und Basel zu absolvieren.

Das Folgende ist eine Persiflage auf gewisse Verhältnisse an Hochschulen in den USA und in anderen Staaten, die das für alles offenen System eingeführt haben. Vergleichbares gibt es aber tatsächlich. (Namen sind frei erfunden):

Im Zusammenhang mit der Herausgabe des neuen Vorlesungsverzeichnisses teilt das Dekanat für Kunstwissenschaften der Universität Forall mit:

Der Lehrstuhl "Stricken" führt das nächste Semester, wie gewohnt, folgende Vorlesungen in der Aula maxima, jeweils Dienstag 9.00 bis 12:00 und 14:00 bis 16:00 durch:

1. Professor W.G. Abeloh:
"Einführung in die Theorie des Strickens". Zur Erlangung der Diploms in Stricken werden den Absolventen, die einen erfolgreichen Kursus in angewandter Mathematik nachweisen können, die Prüfungen in diesem Fach erlassen.

2. Professor H.C. Masche:
"Geschichte der Strickkunst seit ihrer Hochblüte 350 v.Chr. in Mesopotamien"

3. Professor Dr. O.G. Zwickelstrick:
"Über 2 links zwei rechts hinausgehende Techniken"

und

"Praktische Utensilienkunde: einfache, zweifache Spitznadeln, endlos Nadeln, Stopp-Knopf-Nadeln, grosskalibrige Nadeln und Rundnadeln". (Bem: Während der Vorlesung sind praktische Übungen nicht gestattet.)

Alle drei Dozenten veranstalten Seminare, die gesondert angekündigt werden. Es besteht die Möglichkeit der Erlangung der Doktorwürde (Dr. reticularis) im Fach Stricken. Die Studierenden werden gebeten, ihre Arbeiten zu dokumentieren und dem entsprechenden Fakultätsinhaber zur Bewerbung einzusenden.

Übungen und Kolloquium (gleichzeitig) finden im Hörsaal VI freitags jeweils um 16:00 bis 17:00 statt. Eine nicht genannte Gönnerin stiftet Kaffe und Frankfurter Kranz dazu. Zur Erlangung des Testats sind zwei von drei Strickaufgaben zu lösen. Kandelaber-Einstrickungen werden als Übung nicht anerkannt.

4. Frau Dr. Tricotelli:

(Gastvorlesung von der Universität Bologna)
"Vor- und Nachteile der südländischen Strickbewegungen im Vergleich zur nordischen Technik" mit praktischen Demonstrationen. Jeweils donnerstags um 19:00 bis 20:00 im Auditorium der Fakultät.

Zusammen mit dem Lehrstuhl für praktische Statistik: liest

5. Prof. Dr. Vallend:
"Fallmaschen, eine typische Fehlleistung bei weiblichen Studierenden".

Ein statistischer Exkurs.

Ergänzend sei darauf hingewiesen, dass im Wintersemester an unserer Universität eine neue Fakultät ins Leben gerufen wird:

Frau Prof. Dr. Schiess-Hösli konnte als Institutsvorsteherin gewonnen werden. Verschiedene Vorlesungen werden rund um das Thema "Windeln-Wechseln bei Säuglingen" angekündigt werden. Näheres im nächsten Bulletin.

Provenzalische Unzulänglichkeit

Mai 2012

*Die folgende wahre Geschichte ist so traurig, dass ich sie zusätzlich in die Form eines Märchens gebracht habe, um sie etwas aufzuheitern. Die Teile des Märchens sind **kursiv** eingestreut.*

Unsere Vereinsreise führte uns diesmal nach Ischia, das ich seit über 50 Jahren nicht mehr gesehen hatte. Die Reise teilte sich in die Abschnitte: Le Rayol-Canadel-Nizza mit meinem Auto, Nizza-Rom mit dem Flugzeug, Rom-Pozzuoli mit dem Bus und dann mit dem Schiff nach Ischia. Wir nahmen die beiden Reiseleiter nach

Nizza mit und mussten das Auto dann neun Tage am Flugplatz stehen lassen. Um mir die Parkplatzsuche zu vereinfachen, suchte ich ein paar Tage vor Abreise im Internet nach Informationen über Preise von Langzeit-Parkplätzen, der Möglichkeit im Voraus zu reservieren und über die örtlichen Gegebenheiten.

Damit begann eine Odyssee durch eine Welt, die durch Mangel an Organisationstalent der verantwortlichen Organe bis an die Grenze des Erträglichen verkompliziert wurde und Menschen mit normal entwickeltem Verstand bis nahe an den Wahnsinn treiben kann. Es ist mir öfters schon aufgefallen, dass Entwerfer von öffentlichen Strukturen hier im Süden wenig Sinn für verständliche und einfache Prozessabläufe haben und die Benützer ihrer Kreationen auf harte, zum Teil sehr harte Proben stellen.

Es war einmal vor langer Zeit ein kleines Volk, das an den Gestaden des Mittelmeers lebte und es sich gut gehen liess. Es war lustig und vergnügt und vermehrte sich im Sinne Gottes. Der dem Meer abgerungene Flughafen war deshalb bald einmal zu klein, sodass er vergrössert werden musste. Der Bürgermeister des Volkes war - wie viele seiner Zunft- nicht sehr intelligent und vertrug auch keine Intelligenteren unter sich. So beauftragte er einen hirnamputierten Verkehrsplaner mit dem Ausbau des Flughafens.

Die WEB-Site des Flughafens Nizza ist wie viele andere auch, vollgestopft mit Reklame, die mit zuckenden, dynamischen Elementen über die Seite verteilt war, sodass einem die Konzentration auf die gesuchten Informationen erschwert wurde. Nach einer Weile war klar, dass mindestens neun (!) verschiedene Parkplatztypen rund um die beiden Terminals zur Verfügung standen. So was macht nirgends auf dieser Welt Sinn, trägt zu unnötiger Verwirrung bei und belegt die hier nachhaltige Schwäche südlicher Organisatoren. Ich suchte nach dem preiswertesten Parkplatz für die Woche und wie ich ihn reservieren konnte. Der Preiswerteste ," P9", fand ich bald, aber wie konnte man ihn reservieren? Alle Versuche, einen solchen zu reservieren, führten immer wieder zum Zweitbilligsten. Es wurde mir nach einiger Zeitvergeudung klar, dass der Billigste nicht reservierbar war. Wie einfach wäre es gewesen, das Sammelsurium von Parkplatz-Eigenschaften in einer übersichtlichen Tabelle zusammenzustellen und beim "P9" in der Kolonne "Reservation" hinzuschreiben "nicht möglich".

Nun der zweitbilligste, "P7", wurde reserviert, kostete stolze 90 Euro, nebst einer Reservierungsgebühr von 8 Euro. Er wurde mir mittels Code-Nummer bestätigt, die ich am Ort mit "enter" einzugeben habe. Ein Shuttle-Bus würde die Parkplätze anfahren und die Passagiere zu den beiden Terminals fahren.

In Nizza angekommen suchte ich mir mit Hilfe meiner Passagiere den Weg zum Abflug im Terminal zwei. Verschiedene Verkehrskreisel machten den Weg dorthin unnötig kompliziert; aber wir fanden ihn schliesslich, sodass ich meine Freunde vor dem Terminal abladen konnte. Nun war ich allein und suchte meinen Weg zum Parkplatz "P7". Dem Schild "Parkings" folgend, umrundete ich das Labyrinth der Kreisel und war nach einiger Zeit wieder am Abflugterminal. Unterwegs hatte ich verschiedene Parkplatzeingänge entdeckt, aber keinen "P7". Nochmals die Runde, jetzt Permutationen suchend, die ich vielleicht verpasst hatte, wieder ca. sechs Einfahrten ins "P6", aber kein "P7"! Weitere Runde. Ich entdeckte eine suspekte, einspurige Strasse, die mit einem Lagereingang ein Einbahnschild so teilte, dass man nicht erkennen konnte, ob damit das Lager oder die Strasse gemeint war. Ich mutig hinein in die Strasse und was ich erst am Ende entdeckte, es war tatsächlich eine Einbahnstrasse, auf der ich in der falschen Richtung unterwegs war. Ein Glück kam mir niemand entgegen. Das Ende war allerdings mit vier Einbahnstrassen so eindeutig gegen mich gerichtet, dass es unvernünftig gewesen wäre, weiter zu fahren. Ich fand über einen Gehsteig eine Möglichkeit, der Gefahr zu entkommen. Nun war ich auf einem sehr grossen, fast leeren Parkplatz, der keinen Eingang oder Ausgang zu haben schien. Ich fuhr kreuz und quer, wie ein frisch eingesperrtes, wildes Tier an alle möglichen Zäune hin, um aus dem Gehege zu entfliehen. Ich überlegte, wie ich ohne Parkschein hier wieder rauskomme. Da fand ich dann doch plötzlich eine kleine Lücke durch eine Baustelle, die mir die Freiheit wieder gab. Ich fand den Weg ins alte Labyrinth wieder und drehte erneut Runden. Kein "P7"! Ich konsultierte meinen Plan und wusste nun, wo er ungefähr zu liegen habe und tatsächlich ich fand ihn schliesslich. Der Eingang war mit hunderten von weissen Plastikpfosten versehen, die den scharf nach rechts hinten abbiegenden Weg zum Eingang markieren. Von Weitem konnte man dieses Gewirr von weissen Elementen nur als undurchdringlichen Wald erkennen. Nur wenn man sehr langsam daran vorbeifährt, den Kopf nicht gerade nach links auf die vielen unübersehbaren Eingänge ins "P6" richtet und den hinten hupenden Südfranzosen nicht beachtet, besteht eine Chance, "P7" zu entdecken.

Der genannte Verkehrsplaner schuf in der Folge denn auch einige Sonderheiten im neuen Teil des Flughafens. Die Zufahrtswege zum Flugfeld waren so kompliziert und unübersichtlich, dass viele Passagiere ihren Weg zum Flugzeug nicht fanden. So gab es Verkehrskreisel, die zwar einen Eingang, aber keinen Ausgang hatten. Die armen Opfer dieser Sonderheit fuhren bis zu ihrem Tode im Kreise herum und mussten von einer Spezialeinheit evakuiert und begraben werden.

Ich war schon ziemlich fertig mit meinen Nerven, aber ich schaffte die Eingabe mit meinem Code, übersah, dass es kein "enter" gab, sondern nur ein "OK" und war drin. Es war ein L-förmiges Gebäude mit vielen Etagen. Ich nahm die erste und fand keinen leeren Platz, alles belegt, fuhr bis ans Ende des Ganges und erwartete hier eine Auffahrt ins Obergeschoss oder zumindest einen Kehrplatz. Nichts dergleichen! Das Parkdeck war so eng, dass an ein Wenden an Ort nicht zu denken war. Ich musste also den langen Korridor rückwärts an all den parkenden Autos zurückfahren und auf der Aufwärtsspirale soweit kehren, bis ich in die nächste Etage hinauffahren konnte. Diesmal stieg ich soweit hinauf, dass ich von vornherein feststellen konnte, ob ein Platz frei war. Der neu erstellte Parkkomplex verfügt natürlich nicht über die weit verbreiteten rot-grünen Anzeigen, die von weitem freie Plätze signalisieren.

Andere hatten mehr Glück und fanden ein Parkhaus. Dieses hatte allerdings die Eigenschaft, dass man hineinkam aber nie wieder heraus, denn eine Wendemöglichkeit hatte der Planer vergessen. So kam ein weiterer Teil des Völkleins um und musste begraben werden.

Der Lift nach unten kam nach dreimal Knopf drücken tatsächlich rauf und holte mich ab. Unten suchte man dann allerdings vergeblich nach dem angekündigten Shuttle. Es war nur ein Fussweg zum Terminal 2 markiert, der ziemlich weit durch andere Parkplätze und Strassen führt. Selbstverständlich goss es in Strömen, und der Weg ist nicht gedeckt ... Bei den anderen Reiseteilnehmern angekommen, trösteten mich einige von diesen, dass es ihnen nicht besser ergangen sei. Selbst sie hätten die Einbahnstrasse probiert.

Jenen, denen es gelang, aus dem Parkhaus zu Fuss zu entfliehen, ging es nicht viel besser. Sie warteten und warteten und warten noch heute auf den kleinen Shuttlebus, der gross angekündigt und versprochen war. Sie kamen wegen Hungers um und mussten begraben werden. Das Völklein begann sich langsam zu dezimieren.

Ischia war zwei Tage schön, dann legte mich eine Grippe für den Rest der Woche ins Bett. Der Rückflug führte wiederum über den vermaledeiten Flughafen. Die Ebene der Ankunft ist unter der des Abflugs angeordnet, verfügt dort im Freien so über zirka sechs Spuren Autostrassen, was man leicht schon von der Ankunftshalle aus sehen konnte. Ich wies meine drei Passagiere an, im Freien gut sichtbar auf mich zu warten, ich würde in der Zwischenzeit das Auto holen. Ich fand das Parkhaus "P7" und mein Auto erstaunlich rasch. Kam mit der aufbewahrten Karte auch problemlos wieder aus dem Katastrophenturm raus und machte mich auf den Weg durch die vielen Kreisel Richtung Ankunftsterminal. Fand auch leicht das Abflugterminal über dem Gesuchten, aber keinen Zugang zur Ankunft. Ich suchte überall nach "arrivée", vergeblich. Nochmals die Runde, die mir inzwischen reichlich bekannt war." Langsam" sagte ich mir, "Kopf einschalten, diesmal wirst Du das alles mit Leichtigkeit schaffen, Du bist doch kein Idiot". Beim dritten Anlauf fuhr ich wirklich langsam am Ort, wo eigentlich die Verzweigung zwischen Ankunft und Abflug sein müsste, vorbei. Die Franzosen hinter mir waren nahe dabei, mich zu lynchen. "Con" war das Freundlichste, was ich hörte. Die Nerven flatterten. Eine weitere Runde. Zum Teufel, hier ist keine Zufahrt zum Ankunftsterminal. Das kann doch nicht sein, wie kamen die Autos, die ich von der Ankunftshalle gesehen habe, da rein? Weitere Runden...Weitere Fiaskos...Meine Passagiere warteten, und ich kam nicht zurück. Dann kam mir der unheilvolle Verdacht, dass es tatsächlich keinen Zugang zum Ankunftsterminal gibt, zumindest nicht für gewöhnlich Sterbende.

Am Schlimmsten aber war für das arme Völklein die Rückkehr. Sie landeten zwar noch wohlbehalten in ihrem Flugplatz, mussten aber feststellen, dass der hirnverbrannte Verkehrsplaner keinen Ausgang gebaut hatte. Es blieb ihnen nur die Wahl, mit einem Flugzeug wieder weiterzufliegen oder am Flugplatz zu bleiben und dort bald hungers zu sterben. Die teuflische Neuanlage hatte also die Eigenschaft einer Einbahnstrasse: man

konnte nur wegkommen, aber nie mehr ankommen.

In der Verzweiflung suchte ich die nächstbeste Parkmöglichkeit, um meine Gäste zu orientieren. Ich nahm eine der vielen "P5"-Eingänge und befand mich in einem unseligen Wirrwarr von besetzten Parkplätzen. Jetzt drehte ich die Runden im "P5", bis ich endlich weit weg, unter einer auskragenden Galerie einen letzten Platz fand. Ich stellte mir vor, dass meine Gäste eine Etage über mir warten müssten. Aber wie dorthin kommen? Ich folgte den Zeichen, die man für Idioten wie mich auf den Boden gemalt hatte und kam nach langem Marsch an eine Glasschiebetüre, die ins Terminal führte. Unterwegs merkte ich mir alle möglichen Merkmale, um ja wieder zu meinem Auto zurückzufinden. Da war eine Efeuranke, die statt nach oben nach unten ins Dunkle wuchs, dort eine Absperrung mit weissen Plastikpfosten, die ich schon von wo anders kannte. Eine leere Zigarettenschachtel am Boden war ein weiterer wertvoller Hinweis.

Ich schaute mich im Gebäude um: Totale Leere, kein Mensch, kein Schalter, keine Hinweisschilder. Aber ich fand einen Lift. Der beantwortete meine Bitte, mich nach oben zu transportieren mit drei verdächtigen Pieptönen, kam aber nicht, auch nicht nach dem dritten Versuch. Ich suchte nach einer Treppe, die sich in einiger Entfernung kunstvoll hinter einigen Paravents versteckte. Rauf, oben gleiche Leere. Ich war offenbar im extremen Westen des Gebäudes gelandet, welches noch nicht in Betrieb war. Zwei freundliche Flics halfen mir, die Richtung zum Ankunftsterminal zu finden. Dort erkannte ich sofort die Situation: die sechs Spuren waren ausschliesslich für Taxis und öffentliche Busse reserviert. Ich nahm mir die

Zeit und sprach einen wartenden Taxichauffeur an: "Bin ich verrückt oder ist das hier für private Autofahrer tatsächlich gesperrt?" Aus dem Taxi kam die Antwort: "Sie sind nicht verrückt, sondern die Behörden, die so was hier inszeniert haben". Nun wusste ich es aus erster Hand: Der Bereich der Ankunft ist für Private gesperrt. Man kann also seine Angehörigen in Nizza nicht am Terminal abholen! Welch verrückte Idee!

Meine Passagiere warteten am anderen Ende der sechs Strassen. Ich eilte hin und erklärte meine Schwierigkeiten. Sie sollen sich oben beim Abflug auf die Strasse stellen, es dauere aber noch ein Weile bis ich wieder komme...

Ich ging den Weg zurück zum verlassenen Terminalende, sah dort die beiden Flics wieder. Sie unterhielten sich glänzend. Der eine Flic war eine Frau. Hinein in das Terminal, zur Treppe, Lift links liegen lassend. Teufel, wo ist die Treppe? Ich irrte umher, keine Treppe! Nun halt nochmals zu den Flics. Ich erklärte ihnen, dass ich völlig durcheinander sei und die Treppe nicht mehr finde. Sie führten mich zur Treppe, die sich hinter Reklamenständern versteckt hatte. Ich glaube, die denken heute noch, sie hätten's mit einem Verrückten zu tun gehabt.

Unten angekommen, suchte ich panisch nach meinen Weghinweisen. Da der Efeuzweig, gut, da die Zigarettenschachtel, gut, und endlich die weissen Plastikpfosten, besser -- und da stand auch mein Auto. Jetzt noch mein Parkgeld bezahlen und nichts wie raus. Wo ist die Kasse? Keine Hinweise! Ein Franzose sagte mir, er bezahle im Abonnement und brauche keine Kasse. Ein Hinweis, der nicht sehr nützlich war. Ich fand die Kasse schliesslich vier Etagen weiter oben mit einer langen Menschenschlange davor. Endlich an der Reihe, steckte ich das Billet in den Automaten. Es kam sofort wieder raus, ohne einen Cent zu verlangen. Ich versuchte es nochmals, bis ein Franzose hinter mir bemerkte, es sei jetzt gut so. Ich machte mich auf den Rückweg zu meinem Wagen und malte mir aus, was wohl passieren wird, wenn ich -zehn Autos hinter mir- nicht aus dem Schrankenbereich rauskam, weil mit dem Billet etwas nicht in Ordnung war. Ich stieg ins Auto, fuhr vier Etagen aufwärts (jeder normale Mensch hätte den Ausgang unten erwartet), fand zehn völlig verlassene Ausgangsmöglichkeiten und war erleichtert. Der Automat akzeptierte mein Ticket und öffnete die Schranke. Aber halt, da war noch eine weitere Schranke und die war zu! Die hinter mir senkte sich und ich wurde mir bewusst, dass ich jetzt gefangen war. Wahrscheinlich wurde vom Automaten die Illegalität meiner Karte erkannt und die Polizei verständigt, die mich in Handschellen abführen wird. Ich schwitzte und zitterte nun. Es ist doch nicht zu glauben, welche Besonderheiten die Provenzalen sich da ausgedacht haben. Nach einer Zeit fand ich auf der vorderen Schranke eine sehr kleine Schrift: man möge langsam bis zu ihr fahren. Und man glaubt es nicht, sie ging auf und entliess mich ohne weitere polizeiliche Folgen.

Mit meinen exzellenten Ortskenntnissen, die ich mir inzwischen angeeignet hatte, fand ich auch bald die Abflugrampe, die in meinem Fall einspurig geführt wurde, sodass alle hinter mir warten mussten, bis wir geladen hatten. Rechts neben uns gab es zwar eine weitere Fahrbahn, die aber mit Betonquadern so verstellt war, dass auch jegliches Parken verunmöglicht war.

Am ganzen Körper zitternd betete ich zu Gott, er möge mich mit meinen Gästen unfallfrei nach Hause bringen, was er freundlicherweise auch tat.

Das arme Völklein am Mittelmeer aber starb auf Grund der Fehlkonstruktionen des Planers nach kurzer Zeit aus. Heute lebt niemand mehr dort. Es hat sich eine Sandwüste ausgebreitet, das Meer hat sich seinen Anteil zurückgeholt, und die Gegend ist seither menschenleer.

Die Moral von der Geschicht: Gib keinem hirnlosen Verkehrsplaner keine Aufträge nicht.

Erste Begegnung an Bord der MS Europa

November 2008

Am zweiten Tag unserer Reise an Bord der MS Europa setzte ich mich an die Poolbar, um mir einen kleinen Aperitif in Form eines Bieres zu genehmigen. Bald setzte sich ein freundliches Paar zu mir und wir sprachen über Leute an Bord. Vieles war neu für mich und strahlte eine mir wenige bekannte Mentalität aus. Das Paar erzählte mir, es hätte gehört, dass es Passagiere gäbe, die sechs Monate an Bord blieben und eine ganze Erdumrundung mitmachten. Er sagte: „Wissen sie, das müssen ziemlich verrückte Leute sein. Ich könnte das nicht; so lange auf einem Schiff". Sie doppelte nach:"Ja, solche Passagiere sind wahrscheinlich nicht ganz normal, die ticken nicht richtig. So was könnte ich mir überhaupt nicht vorstellen". Ich entgegnete: „Ich schon".

Es kam die Frage auf, wie viel solcher Gäste wohl an Bord seien. Ich antwortete, diesmal seien es vierundzwanzig.

„Wieso wissen Sie das so genau" wollte sie nach ein paar Sekunden Überlegens wissen.

Ich entgegnete: „Ich bin der vierundzwanzigste"…

Nach einer kleinen peinlichen Pause haben wir uns dann bestens unterhalten.

Österreicher in der Eidgenossenschaft

August 2007

Es war an einem herrlichen März-Nachmittag. Die Sonne schien und nach Süden öffnete sich der Blick in das schöne Bergpanorama der Bündner Alpen am Julierpass. Der Fussweg von unserer Wohnung nach Lenzerheide führt durch einen lichten Lärchenwald. Dort, wo man aus dem Schatten des Wäldchens hinaus auf die beschneiten Hügel tritt, steht eine nach Süden gerichtete Bank, die dem Rastenden die ganze Pracht der Landschaft darbietet.

Ein einzelner Mann hat sich dort hingesetzt. Die wärmende Sonne bewog ihn, seinen Hut auf die Stange neben der Bank zu setzen. Sie markiert den Weg für die Schneeräumung.

Guter Laune stach mich der Hafer. Aufs Geratewohl sprach ich den Sitzenden an: „Einen schönen, guten Tag, sie sind sicher Österreicher?" Der Zufall war auf meiner Seite. Der Verdutzte bejahte zu meinem Erstaunen die Frage und wollte natürlich wissen, wieso ich das wisse.

Ich ignorierte die Frage und sagte:" Ich möchte sie warnen, das letzte Mal, als ein Österreicher bei uns so was wagte, hat ihn das sein Leben gekostet". Dabei deutete ich auf seinen Hut. Er schaute mich halb entsetzt, halb konsterniert an und vergass seinen Mund zu schliessen. Ich wünschte ihm trotzdem einen schönen Urlaub und setzte meinen Weg fort.

Es dauerte einige Minuten und viele Meter Weges, bis hinter mir ein schallendes Gelächter die Spannung löste. Der Österreicher hatte offensichtlich eine etwas lange Leitung.

Parteiprogramm des Corrado TEDESCHI,

Professor und Journalist in Florenz,

erstellt zusammen mit seinem Freund Ugo Cavallini im Jahre 1953

übersetzt und gekürzt von Fred Casadei 2013

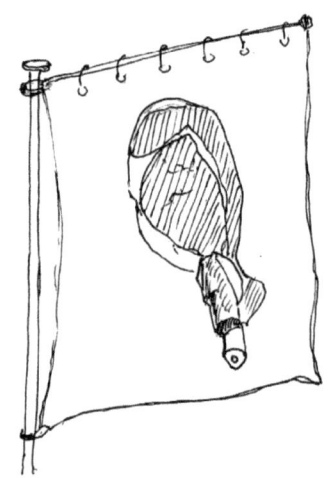

Ruhe und Erholung und wenig Arbeit für alle. Die Arbeit soll von Maschinen erledigt werden.

Medizinische Versorgung und Arzneimittel für alle gratis

drei Monate Ferien für alle

450 Gramm Beefsteak mit Früchten, Süssigkeiten und Kaffee werden für jeden in Italien täglich zugesichert

Förderung aller Künste

Tombola und Lotterien sollen die Bürger des neuen Staates erfreuen

Varieté-Betriebe und Clowns werden vom Staat gefördert

Abschaffung aller Steuern

Statt den Parlamenten soll das Volk mittels Referenden in allen wichtigen Fragen entscheiden

Die Schulstunden werden auf dreissig im Jahr reduziert

Alle heutigen und zukünftigen Religionen mit ihren Kirchen werden subventioniert

Freilassung aller Gefangenen. Wenn jeder 450 Gramm Fleisch täglich erhält, muss keiner mehr stehlen oder rauben.

Die Partei wurde damals "Partito della Bisteccha" genannt.

Tarte tatin

Juni 2009

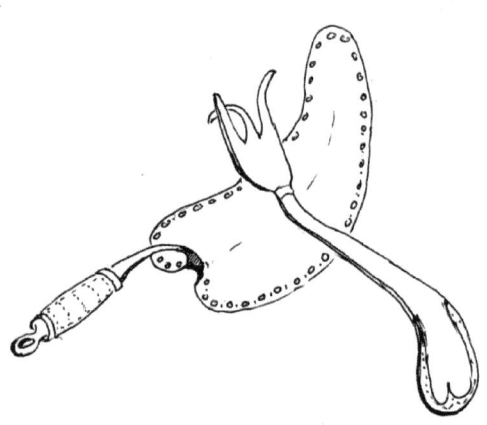

Bei Hundebesitzern dominieren im Allgemeinen ihre Hunde. Der Afghane von Manuel und Rachel empfängt einen wie üblich am Haustor und muss immer erst überzeugt werden, dass wir Freunde des Hauses sind. Trotzdem freut er sich immer auf Gäste, denn die versprechen Futterfreuden, die es nur bei Einladungen gibt. Er ist gross genug, um die für die Gäste bereitgestellten Häppchen vom Tisch zu schnappen. Er weiss das und nutzt es unredlich aus. Rachel lächelt dabei immer, selbst bei diesen Hundeungehorsamkeiten.

Wir konnten sie mit Mühe von einer Essens-Einladung abbringen. Das letzte Mal steckte sie die Ente um 21:30 in den Ofen, die dort noch zwei volle Stunden zubringen musste, bevor sie dann um Mitternacht auf den Tisch kam. Der gute Ruf ihrer Kuchen brachte uns auf die gute Ausrede: warum treffen wir uns nicht einfach zu einem Kaffee mit Kuchen bei Dir? Was an einem schönen, aber arg windigen Tag im Mai auch tatsächlich geschah. Wir fuhren hinauf in ihre schöne Villa und setzten uns unter die riesige Schirm-Pinie, deren männliche Kätzchen eben gerade reif geworden sind. Der Wind löste sie reihenweise und sie schlugen wie Mikrobomben auf dem Tisch ein, einen gelben Pollenstaubrand hinterlassend. Es waren so an die zehn Einschläge pro Sekunde.

Auf dem Beistelltisch stand schon das noble chinesische Porzellan für den Kaffee, denn Manuel und Rachel sind aus gutem Stall. Ein paar fein bebilderte Papierserviettchen lagen bereit, bis der Wind sie dekorativ im Rosengarten verteilte. Nach einer Stunde kam dann auch bereits der Kaffee. Im Porzellan serviert, leider ohne Zucker, ohne Löffel und selbstverständlich auch ohne Milch. Das meiste kam nach und nach, ausser der Milch natürlich, aber während der Wartezeit waren die Tassen dem Beschuss des Bombardements aus den Schwingen der Pinie ausgesetzt. Rachel setzte ihr reizendes feines Lächeln auf. Der Kaffee bekam allmählich eine gelbliche Tönung. Die Kätzchen zerfielen sofort, wenn man versuchte, sie aus der Tasse zu fischen.

Richtig unterhaltsam wurde es dann beim Schneiden des Kuchens. Er war eine Tarte-tatin mit Mangos und einer viel zu grosszügig geratenen Karamell-Glasur, die noch weich und flüssig war, denn der Kuchen kam direkt aus dem Ofen. Rachel lächelte und setzte das grosse Messer an. Vor dem zweiten Schnitt weigerte sich dieses aus der Masse zu kommen. Es klebte entsetzlich. Die Glasur war inzwischen etwas härter geworden. Das Messer drohte den ganzen Kuchen mitzunehmen, die Glasur zog Fäden und wollte nur als Ganzes den Kampf aufgeben. Eine silberne Kuchenschaufel wurde in den Kampf geworfen und lieferte sich mit dem Messer einen regelrechten Säbeltanz. Beide klebten aneinander, es rieben sich gehärteter Stahl und feines Silber und beide verkeilten sich im klebrigen Zucker aufs Innigste. Ein erster Kuchen-Abschnitt wurde schliesslich aus dem Schlachtfeld herausgelöst. Man konnte ihm die schweren Belastungen des Kampfes gut ansehen. Rachel lächelte jetzt besonders süss.

Das erste Kuchenstück bekam unsere Bekannte Marie-Mo, die vergeblich nach einer Gabel Ausschau hielt. Die Feuerunterstützung von oben hielt unterdessen an und verzierte den Kuchen mit gelblichen Einschlagkratern von hoher Treffergenauigkeit. Mit dem Nachschub aus der Küche kamen auch Gabeln. Eine Waffe, die sich nach kurzen Versuchen als kriegsuntauglich herausstellte. Der Feind haftete sich geschlossen an diese und weigerte sich auch nur ein kleines Bisschen seines Terrains aufzugeben. Die herbeigeschafften Löffel wurden in das Schlachtgetümmel geworfen und waren nahe dabei, irreparabel verbogen zu werden.

Ein erster Bissen war geschafft; aber dann ging es erst recht los. Oberkiefer und Unterkiefer hafteten auf Trefflichste aneinander und liessen sich nicht mehr lösen. Marie-Mo verdrehte ihre Augen. Ich ahnte ihre Befürchtungen. Zahnprothesen sind eine teure Angelegenheit. Der einzige Feind, der der Übermacht Herr wurde, war Speichel, der nach und nach die Gegnerschaft auflöste und für kurze Zeit aufatmen liess. Marie-Mo zählte mit Zunge und Fingern ihre Zähne und stellte mit grosser Genugtuung fest, dass sie den Angriffen stand gehalten hatten.

An eine Weiterführung der Kampfhandlungen war nicht zu denken, zu gross war das Schadensrisiko. So blieb ein Grossteil der hinterhältigen Masse auf den Schlachtfeldern liegen und wurde nach und nach vom Bombenhagel eingedeckt.

Der ungezogene Afghane schwenkte kurz seine Schnauze über den Tisch in der Absicht seine üblichen Diebereien zu begehen, liess aber dann von seinem Vorhaben ab. Zu suspekt war ihm diesmal offenbar die Kriegsbeute.

Kleine Abenteuer mit einer grossen Sprache

Juli 2014

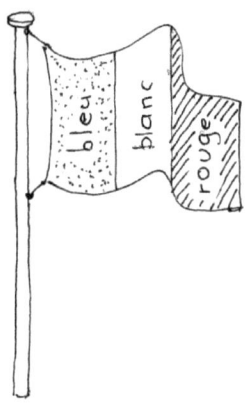

Französische Ausdrücke sind kursiv dargestellt.

Beim aufmerksamen Zuhören und Lesen der französischen Sprache kann man immer wieder schöne kleine Überraschungen erleben. Im Folgenden sind ein paar meiner Erlebnisse dieser Art aufgezeichnet.

Ganz erstaunlich für einen Deutsch Sprechenden ist die enorme Vielfalt von Bedeutungen, die der Franzose einem Wort zuordnen kann. Ich kenne eigentlich nur ein einziges Wort, das meines Wissens nur eine Bedeutung hat: *vasistas,* ausgesprochen wie: was ist das. Es stammt aus dem Deutschen und bedeutet Oblicht, Fenster gegen oben hin. Die skurrile Wendung entstand während einer der vielen Kriege zwischen Deutschland und Frankreich, bei dem deutsche Soldaten beim Eindringen in französische Häuser sich vor Heckenschützen, die von diesen versteckten Fenstern aus schossen, fürchteten. Die verängstigte Deutsche schätzte das natürlich nicht und wollte wissen, was sich hinter diesen Fenstern versteckte und fragte: "Was ist das?" und zeigte auf das Fenster. Der Franzose fasste diese Frage als Deutschlektion auf und interpretierte die Frage als Name des Fensters. Die meisten realisieren noch heute nicht, dass es sich um eine Frage handelt, die mit drei Worten und anderer Orthografie geschrieben wird.

Ein anderes Beisspiel betrifft das Wort *louche.* Es bedeutet Schöpfkelle und die wird beim Verteilen von Suppe benützt. Wenn der Franzose allerdings sagt: "*C'est un filou, il est louche*", dann meint er nicht, dass der Tunichtgut nun zum Suppenlöffel degradiert wurde. Nein, denn *louche* bedeutet auch verdächtig. Wenn ich, wie tatsächlich passiert, an einem Flohmarkt eine schöne Bosch-Bohrmaschine für einen Euro gekauft habe, so war etwas dabei *louche.* Es zeigte sich natürlich erst zu Hause beim Öffnen der nicht laufenden Maschine: sie war innen völlig verbrannt. Der Verkäufer hat sich die Entsorgungskosten nicht nur gespart, sondern zahlen lassen. Weitere Bedeutungen sind in der verbalen Form: über den Daumen peilen und schielen.

Vor der gemeinsamen Gruppenreise nach Italien traf ich zufällig das Apothekerehepaar, das mit von der Partie war. Er schaute sich mit forschendem Blick in der Gegend um und sagte schliesslich: *"Je pense, il nous faut des pépins demain".* Ich nickte, hatte aber keine Ahnung, was der Gute meinte. Auf meinem Heimweg dachte ich, vielleicht kennen die Apotheker ein gutes Mittel, das sich in Form von Kernen einnehmen lässt und dem Schlechtwerden im Bus vorbeugt. *Pépins* waren mir als Kerne von Trauben oder Äpfeln bekannt. Bei Apothekern weiss man nie... Zuhause angekommen setzte ich mich hinter die beiden "*petits*", gemeint sind der Larousse und der Robert, beide dicke Französisch Diktionäre und suchte nach *pépin*. Das Wort gibt's in vier Ausgaben: 1. als Name, der Vater Karls des Grossen hiess so, 2. als Teil des Kernobstes wie erwähnt, 3. als Ungemach, Ärgernis, Schwierigkeit und als 4. als kleiner, faltbarer Regenschirm. Damit war das Rätsel gelöst. Im übrigen sind Robert und Larousse -ohne *petit*- x-bändige Werke mit allen Vokabeln der französischen Sprache. Der Anblick ist für jeden Französisch Studierenden reinste Frustration.

Bei gewissen Themata ist der Wortschatz der Franzosen sehr reich und mit den Doppeldeutigkeiten ums Zweifache reicher, wie folgende Liste zeigt:

Un gars : ist ein junger Mann

Un courtisan : gehört zum Hof des Königs

Un masseur : ist ein Therapeut

Un coureur : ist ein Jogger

Un professionnel : ist ein Sportler auf hohem Niveau

Un homme sans moralité : bedeutet Politiker

Un entraîneur : trainiert eine Mannschaft

Un homme à femmes : ist ein Verführer

Un homme public : ist eine bekannte Persönlichkeit

Un homme facile : stellt ein Mann dar, mit dem es einfach zu leben ist.

Un homme qui fait le trottoir : ist ein Maurer, der Strassenbeläge repariert.

Un péripatéticien: war ein Schüler von Aristoteles.

Man glaubt es kaum, aber sobald die obigen männlichen Begriffe durch die entsprechenden weiblichen ersetzt werden, handelt es sich bei allen "Persönlichkeiten" um Nutten.

Es ist unverkennbar, wie stark die französische Sprache vom Hof der Könige Frankreichs geprägt wurde. Hier wurden Eleganz, verwundene Wendungen und zum Teil auch absichtlich umständliche Formulierungen gepflegt. Alles Gewöhnliche und Abschätzige waren verpönt. Ein schönes Beispiel bildet der folgende Begriff: *"Se présenter dans son plus simple appareil"*. Ich habe ihn in einem Brief gefunden und natürlich gar nichts verstanden. Was könnte mit dem einfachsten Apparat gemeint sein? Elektronische Geräte kamen nicht in Frage. Sie gab es damals nicht und ausserdem sind sie nicht einfach. Ich suchte nach einer Art Kiste in die man sich begeben konnte, fand aber nichts passendes und so blieb die Passage für einige Zeit unverstanden. Schliesslich wurde klar, dass der *appareil* nicht Apparat sondern Erscheinung (von *apparaître*) bedeutet. Sich in seiner einfachsten Erscheinung zu zeigen, bedeutet also nichts anderes, als nackt zu sein. Füdleblutt wie man in der Schweiz sagt.

Ernst gemeint und keinesfalls für eine Modernisierung vorgesehen, sind die ausschweifenden Höflichkeitsfloskeln, die hier in Frankreich immer noch das Ende der Briefe zieren. Ich habe einmal den Fehler gemacht eine EMail an eine gute Freundin mit "beste Grüsse" zu beenden. Sie hat mir darauf hin beinahe die Freundschaft aufgekündigt. Einige *bises* müssten unter Freunden schon dabei sein, sonst sei die Formulierung für unzufriedene Geschäftskunden reserviert. Hier ein paar Beispiele für Geschäftsfälle:

"Empfangen Sie bitte, Herr Präsident, die Versicherung meiner hervorragenden Achtung."

(Veuillez recevoir, Monsieur le Président, l'assurance de ma considération distinguée.)

"Ich bitte Sie, Frau Gemeinderat, den Ausdruck meiner riesigen und tiefen Unterwerfung." anzunehmen. *(Je vous prie d'agréer, madame le conseiller, l'expression de mon immense et profonde dévotion.)*

"Ich bitte Sie, Herr Müller, meine geachteten und aufrichtigen Grüsse entgegenzunehmen."

(Je vous prie d'agréer, Monsieur Müller, mes respectueuses et sincères salutations.)

Das Gegenteil vom höfischen Vokabular sind die familiären Wortbildungen und speziell diejenigen mit einfacher Silbenwiederholung. Es gibt unzählige davon: *papa, maman, titi* (Strassenjunge), *caca* (Stuhlgang), *pipi* (Harn), *tata* (Tantchen), *nounou* (Tagesmutter), *mémé*

(Oma), *lolo (Milch), pépé (Opa), tonton (Onkel), coucou, coco* (Kommunist), *bibi* (ich), *zizi* (Penis), *bébé, néné (*Titte), tutu *(*Ballettröckchen) *etc.*

Der Umgang mit menschlichen Ausscheidungen gehört viel stärker noch als im Deutschen zum täglichen Umgang. So heisst der Löwenzahn, wegen seiner diuretischen Wirkung, *pisse-en-lit.*

Wenn etwas völlig unnötig ist, sagt der Franzose: *il vaut mieux pisser dans un violon.* Kein Mensch weiss warum. Und schlimmer, wenn einer einen Affentanz aufführt, sagt man: *chier une pendule.* Aus den Därmen eine Standuhr pressen. Anatomisch schwer vorstellbar!

An einer Villa in Le Lavandou fand ich folgendes Hinweis: "*Attention, chien monte la garde!*". Auch nach der sexuellen Befreiung der Menschheit scheint mir die Warnung, dass die wachhabende Frau hier von einem Hund bestiegen wird, reichlich gewagt. Geschlechtsverkehr zwischen Tieren und Menschen ist auch heute noch unmoralisch. Ich habe mich gefragt, warum das hier auch noch öffentlich bekannt gemacht wird und wenn schon ein Hund existiert, wozu braucht es dann noch ein Wächterin. Es ist nur zu hoffen, dass die wörtliche Übersetzung hier nicht legitim ist.

Der Gipfel französischer Frech- und Unwissenheit aber manifestierte sich in einem französischen Kreuzworträtsel: Hier wurde gefragt: "französischer Käse, eine Sorte Gruyère?". Die richtige Antwort, zumindest nach Ansicht des Rätselstellers, ist: "Emmental". Schwer zu ertragen für einen Schweizer...

Berufe und ihre Methoden

(wahre Geschichte, allerdings mit den Augen eines Baslers gesehen)

Juli 2007

$$\sum_{1}^{n}(X_n - X_0)^2 = Min$$

Es war in den Sechzigern des letzten Jahrhunderts, während meiner Assistenzzeit bei Professor Baldinger, Inhaber des Lehrstuhls für angewandte Physik in Basel als ebensolcher mich im Labor aufsuchte. Anlässlich der an seinem Institut laufenden Projekte auf dem Gebiet der Weltraumforschung, wurde er von der Schweizerischen Kommission für Europäische Weltraumforschung (ESA) eingeladen, das Zentrum in Nejmegen in Holland zu besuchen oder genauer zu inspizieren. Die Schweiz war Mitglied dieser Vereinigung, zahlte daher nicht wenig an

Beiträgen und hatte damit das Recht, sich periodisch vor Ort über den Stand der Dinge ins Bild zu setzen.

Da mein Kollege Nissen und ich im Institut auf diesen Gebieten arbeiteten, lud uns Baldinger ein, die Reise mitzumachen. Wir beide, seine an Geiz grenzende Sparsamkeit kennend, waren erstaunt über seine Grosszügigkeit, sagten aber spontan zu. Trotzdem war es seltsam, dass er, der sich jede Ausgabe aus öffentlichen Mitteln dreimal überlegte, zwei Assistenten mitnahm.

Durch den Abflug in Kloten waren wir drei Basler wieder mal genötigt, nach Zürich zu reisen, bevor wir das Flugzeug besteigen konnten. Unterwegs informierte uns Baldinger, dass Professor Stiefel mit von der Partie sei und uns in Zürich erwarte. Das liess mich in Gedanken zurückkehren in die Zeit meiner Studien an der ETH. Einzige Anstalt der deutschen Schweiz, wo man sein Diplom als akademischer Ingenieur machen kann. Eine Schule an der Albert Einstein studiert hatte. Eine Hochschule, die nie eine echte Akademie geworden ist, bei den sich rasch ändernden Ingenieurswissenschaften immer hinter der Zeit bleibend, mittelmässig und zudem... in Zürich situiert.

Professor Stiefel ist bei den meisten Absolventen, die diese Schule zu seiner Zeit besuchten, bestens bekannt. Alle mussten sie die gefürchteten Prüfungen mit zitternden Knien bei ihm durchstehen. Alle kannten sie seine wechselnden Launen, die während der Prüfungen meist besonders schlecht waren. Dennoch darf nicht verschwiegen werden, dass er eine grosse Persönlichkeit war, gesegnet mit einem beeindruckenden Talent, komplexe Dinge gut verständlich darzustellen. Sein Hörsaal war immer überfüllt, obwohl seine Vorlesungen oft um sieben Uhr morgens angesetzt waren.

Als Chef des Lehrstuhls für angewandte Mathematik herrschte er über die Rechenanlage der ETH, damals eine der grössten Europas. Seine Vorlesungen begannen oft mit dem Satz: „ Der Bauer, nennen wir ihn Kunz, hat ein Problem..." Langsam entwickelte er das Problem des armen Bauern Kunz, bis die Aufgabenstellung klar war, dann erst setze er in forscherem Tempo an seine Methode zu erklären. Die Vorlesung endete dann oft mit der Bemerkung:"Der Bauer Kunz hätte es in seinem Leben einfacher gehabt, wenn er Mathematik studiert hätte."

Seine Persönlichkeit war so stark, dass die Gruppe seiner circa 20 Assistenten ihn in jeder Beziehung nachahmten. Sie gingen mit seinem schweren Bärentritt, sie trugen alle die gleichen blauen Hemden ohne Krawatte unter einem grauen Gilet. Selbst die Art, die lange Kreide an der Wandtafel ganz hinten zu halten, imitierten sie – allerdings mit viel Bruch. Ein Erfolg also, der ihm alleine vorbehalten war. Die erste Vorlesungsvertretung durch einen seiner Jünger, bei einer Militärabwesenheit des Chefs, löste bei mir Heiterkeitserfolge aus.

Im Bereich der Mathematik, die er lehrte, gibt es eine Methode zur Mittelung von redundanten Messresultaten (mehrfache Messung der selben Messgrösse). Das dadurch gewonnene Mittel ist genauer als die einzelnen Messungen und liefert zudem das Intervall indem der wahre Wert liegen muss. Bedingung dazu ist allerdings, dass die Messwerte keinen systematischen Fehler aufweisen, sondern sich nach dem Zufallsprinzip um den wahren Wert gruppieren. Die Methode stammt vom berühmten Mathematiker Gauss und heisst „Ausgleichung durch Minimalisierung der Summe der Fehlerquadrate". Sie spielt eine wichtige Rolle in dieser kleinen Geschichte.

In Zürich angekommen begrüsste uns Professor Stiefel umgeben von circa zwanzig Personen. Mit dem Charme eines Weltstars stellte er uns die Leute vor: "die Gesamtheit meines Instituts!" Ich dachte mir: "nicht schlecht, sein gesamtes Institut gibt ihm ein Abschiedsgeleit für die kurze Reise". Aber ich war auf dem Holzweg: diese Gesamtheit reiste mit. Selbst seine Sekretärin war dabei. Stiefel hatte die Inspektionsreise ohne grosse Gewissensnöte in einen Institutsausflug uminterpretiert. Baldinger, schon wegen den Kosten für uns beide an schlechtem Gewissen leidend, stand mit offenem Mund sprachlos da.

Nach zwei Stunden war die Gesellschaft in Holland angekommen und in einem kleinen Hotel direkt am Meeresstrand, in der Nähe von Scheveningen, abgestiegen. Das Gepäck in den Zimmern abgestellt und an den Strand war eins. Kleine Gruppen promenierten im Sand, emsig bemüht, das schmale feuchte aber tragende Band zwischen dem Wasser und dem zu tiefen Sand auszunutzen, um die Schuhe nicht allzu sehr voll Sand zu bekommen. Sie streckten ihre Hände ins Wasser, um die Temperatur abzuschätzen, wobei sie teilweise recht lächerliche Gymnastiken vollführten, um den Wellen auszuweichen. Nur Professor Baldinger hatte sich die Schuhe ausgezogen, an den Schnürsenkeln zusammengebunden und um den Hals gelegt. Die Socken schauten aus der Brusttasche heraus. Barfüssig erholte er sich langsam vom Schock in Zürich. Es war zwar bereits Oktober, aber es wehte eine warme Brise, die von der Herbstsonne erwärmt wurde.

Vor dem Essen versammelten sich die Zürcher Expedition und die drei Basler in der Eingangshalle. Stiefel in guter Stimmung in einen ausladenden Sessel niedergelassen, war zweifellos der Mittelpunkt. Unter seinem blauen Hemd mit dem grauen Gilet wölbte sich sein enormer Bauch. Er rauchte eine dicke Zigarre und brachte schöne Rauchringe zustande, die er mit offensichtlichem Genuss in die Menge blies. Um ihn herum übte sich seine ganze Entourage in blauen Hemden und grauen Gilets in der gleichen Sportart. Doch die Geometrie ihrer Erzeugnisse war eher nebulös und folgte keinen beschreibbaren Formen. Baldinger auf einem spartanischen Taburett sitzend, rauchte eine Zigarette um die andere. Der Rest der Basler, aus Mangel an Sitzgelegenheiten stehend, ihrerseits an Zigaretten saugend, hörten Stiefel das Gespräch eröffnen: "Hören Sie, lieber Kollege Baldinger, ich möchte mit Ihnen eine Wette abschliessen. Wir beide schätzen die heutige Temperatur des Meeres und wer dem richtigen Ergebnis am nächsten ist, hat gewonnen"

„Gut" sagte mein Chef kurz und trocken, "das Wasser hat sechzehn Grad Celsius".

Stiefel setzte sein überlegenes Lächeln auf und erklärte mit seiner sonoren Stimme: "Nein Baldinger, die Nordsee hat momentan zwölf Komma sechs drei Grad. Der genaue Wert liegt im Bereich zwölf Komma drei zwei und zwölf Komma acht neun. Sie sehen, sie haben die Wette verloren, denn ihre Schätzung liegt nicht einmal im möglichen Bereich".

„Aber, sagen Sie, warum kennen Sie die Temperatur so genau?", wollte Baldinger wissen.

„Nun gut", begann Stiefel in seiner bekannten Manier, indem er offensichtlich zwischen den Anwesenden und seinen Studenten im Hörsaal keinen Unterschied machte, „ich habe alle meine Assistenten aufgefordert, die Wassertemperatur zu fühlen und mir das Resultat zu rapportieren. Damit haben wir einen klassischen Fall für die Anwendung der Methode von Gauss. Um die Genauigkeit zu steigern, habe ich im Übrigen die Werte gewichtet. Meiner ging mit dem Gewicht zwei in das Kalkül, das meiner Assistenten mit eins und dasjenige meiner Sekretärin habe ich mit einem Halben bewertet". Die Zürcher schüttelten sich vor Lachen. Der Humor der Basler funktioniert anders, sie amüsieren sich eher über die Stärksten als über die Schwächsten.

„Sagen sie Baldinger", nahm Stiefel das Gespräch triumphierend wieder auf, „wie kommen sie auf die absurde Temperatur von sechzehn Grad?".

Der angewandte Physiker streckte sich und richtete seinen Blick zur Portiersloge, um sicher zu gehen, dass er dort nicht gehört wurde. „Während einer Zeit, in der die Loge verlassen war, zückte ich mein Taschenmesser und öffnete den Schraubenzieher. Damit demontierte ich das dort angeschraubte Thermometer. Bewaffnet mit dem Instrument lief ich dann zum Meer, um die Temperatur zu messen. Diese Art von Instrumenten besitzen im Übrigen eine Messgenauigkeit von plus minus ein Grad Celsius."

Es war plötzlich unangenehm still in der Runde, bis Stiefel meinte:" ich glaube das Abendessen ist jetzt bereit"

Epilog: Baldinger hatte bezüglich der Kosten für uns zwei nichts zu fürchten, denn Stiefel war damals Präsident der Schweizer Kommission und damit befugt, Kosten zu bewilligen...

Verstreut---zerstreut

Januar 2009

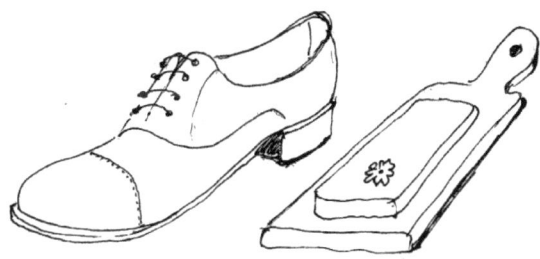

Nach einem Sommer voller Vorbereitung auf die erste Zwischenprüfung meines Studiums in Zürich kam der Tag der Wahrheit. Morgen musste ich antreten. Damals war es noch üblich, in ordentlichen Kleidern, natürlich mit Krawatte zu erscheinen. Alles sollte einen möglichst seriösen Eindruck erwecken und so wurde das einzig repräsentable Paar Schuhe geputzt, eingewichst und poliert. Es war am Vorabend alles bestens bereitgelegt.

Am nächsten Tag bin ich früh aufgestanden, meinen Kommilitonen, ein eingefleischter Siebenschläfer, geweckt und nach einem frugalen Frühstück meine Prüfungsklamotten angelegt. Am Schluss noch die Schuhe, aber wo zum Teufel stecken die? Im Schrank, wo sie hingehören, waren sie nicht. „Hast du meine Schuhe gesehen?" Er sagte:" In dubio pro reo, nein habe ich nicht". Ich noch mal durch die Wohnung, die wir zu zweit bewohnten. Unterm Bett, unter seinem Bett, nichts. Ich wurde nervöser und nervöser. „Hast wirklich keine Schuhe von mir gesehen?" fragte ich verzweifelt. „Unsereiner hat nichts gesehen, pars pro toto, wie der Lateiner sagt". Sein aufgeblasenes Gerede war völlig unangebracht.

Beim dritten Reinschauen in den Kleiderschrank: "Was zum Teufel macht denn die Butter hier unten bei den Schuhen?" schrie ich ziemlich verwirrt. „De Gustibus non erat disputandum" oder ähnlich lautete die Antwort. Ich aber raste zum Kühlschrank und fand darin mein Paar frisch geputzten, aber ziemlich kühlen Schuhe.

Ungerechtigkeit ist der Welten Lohn

Februar 2010

Auf der Europa, unserem schwimmenden Hotel für eine gewisse Zeit, gibt es ein Ober-und ein Unterhaus. Allerdings, im Gegensatz zum englischen Parlament, ist es hier im Unterhaus vornehmer als im Oberhaus. Gemeint sind die beiden Hauptrestaurants des Hapag-Lloyd Flaggschiffs. Unten im Europarestaurant finden unter anderen die Festessen statt, die Garderobe wird hier vorgeschrieben und der Service folgt den Zeremonien hoher kulinarischer Gastfreundlichkeit. Oben im Lido-

Restaurant kann man sich am Buffet selbst bedienen, isst man in lockerer Freizeitkleidung und die Bedienung folgt weniger strengen Regeln. Oben wie unten wurden wir von der freundlichsten Belegschaft der ganzen, uns bekannten Welt betreut. Sie las uns die Wünsche von den Augen ab.

Allerdings spürte man eine leise Rivalität zwischen den Kellnern vom Oberhaus und den streng hierarchisch organisierten Kollegen vom Unterhaus, wie sich im Laufe dieser kleinen Geschichte herausstellte. Es war eher selten, dass ein Lidojaner im Europarestaurant auftauchte. Das Umgekehrte war öfter der Fall, da die Service-Kapazität offenbar beim Frühstück und beim grossen bayrischen Bierfest auf dem Lido-Deck für diese Anlässe durch Personal von unten aufgestockt wurde. So sah man unseren freundlichen, vornehmen Oberkellner Sebastian, der uns normalerweise unten bediente, durchaus einmal oben in deftigen Lederhosen Bierkrüge stemmend durch die Menge schreiten. Aber dass er sich hier nicht so recht wohl fühlte, konnte man leicht erkennen. Selbst seine Krachledernen waren ihm viel zu gross, sodass seine Würde beachtlich litt.

Eines Tages fiel mir oben ein dunkelhaariger, schwarzäugiger Kellner auf. Er war in allen Bewegungen einiges schneller als seine Kollegen und trug ein Namensschild mit dem Namen **Giuliano Vesti**. Ich sprach ihn an und tatsächlich: er war ursprünglich Italiener aus der Nähe von Neapel. Man hörte es seinem makellosen Deutsch nicht an, aber er beherrschte seine ehemalige Muttersprache nach wie vor. Von da an benutzte ich mein etwas armseliges Italienisch, was ihn jedes Mal freute. „Mi fa un vero ristretto?". „Können Sie mir einen echten

Ristretto zubereiten?". Die Deutschen, die mit uns am Tisch sassen, sahen mich verständnislos an. Den Ausdruck Ristretto kannten sie nicht. Er aber strahlte übers ganze Gesicht und sagte „ ma certo". Er kam mit einem perfekten Ristretto in einem fingerhutkleinen Tässchen und fragte mich, ob ich auch ein wenig latte macchiato dazu nähme, die er natürlich in separatem Gefäss gleich mit dabei hatte. Da ich wusste, dass es auf dem Schiff nur eine Type von Kaffeemaschinen gab, fragte ich ihn, wie er es fertig gebracht hatte, einen so grossartigen Ristretto herzustellen. Er sagte stolz: "con amore". Seither musste ich ihm nur noch leicht zunicken und er wusste, was ich wollte. Sie waren alle Engel, unsere Crew vom Dienst.

Am Abend nach dem x-ten Gang des reichen Abendmahls an unserem Achtertisch fragte mich unser Oberkellner:"Kaffe wie immer?" „Nein", sagte ich, „heute hätte ich gerne einen Ristretto mit etwas latte macchiato". Die von mir erwartete Reaktion blieb nicht aus:" sagen sie, Herr Casadei, was meinen sie damit?" Ich erklärte ihm, dass das eine Art Espresso sei, allerdings noch konzentrierter also eine Art Extrakt, wie der Name sagt. Nicht nur Sebastian auch alle anderen am Tisch hörten aufmerksam zu, denn sie alle kannten den Begriff nicht. Mit dem deutschen Kaffe gegenüber italienischem verhält es sich so, wie mit einem deutschen Kabinettwein zu einem guten Barolo. Sebastian musste sich noch anhören, dass Giuliano den Ristretto perfekt beherrscht und dass ich ihm empfehlen würde, sich einmal mit ihm darüber zu unterhalten. Ein Hinweis, der seiner Position nicht zu Ehren gereichte und ihm erheblich zusetzte. Trotzdem versprach er es und servierte mir am nächsten Abend eine Brühe, die keine grosse Ähnlichkeit mit einem echten Ristretto hatte. Ich musste ihm eine kleine Nachhilfestunde geben und er versprach sich nochmals zu seinem Kollegen Giuliano oben „hinunterzubegeben", um meinen Wünschen besser zu entsprechen. Am nächsten Abend kam er triumphierend mit dem neu Erlernten an, und wünschte ehrliche Kritik. Ich probierte das Getränk, das leider in viel zu grosser Tasse serviert wurde, sodass die kleine braune Pfütze recht unansehnlich aussah. Trotzdem, der Kaffe kam einem Ristretto jetzt schon recht nahe. Ich sagte:" wenn sie so weitermachen, bekommen sie einen Orden von mir". Er war sichtlich erleichtert und versprach den Nächsten in einem passenden Tässchen zu servieren. Inzwischen wollten eine Reihe unserer Tischgäste das Getränk ebenso probieren, sodass sich allein dadurch eine gewisse Routine bei Sebastian einstellte. Kurz, tags darauf war alles beinahe perfekt und eine Kritik wäre unangebracht gewesen.

Damit war jetzt der Ball bei mir. Ich setzte mich an unseren Laptop, den uns die Europa freundlicherweise zur Verfügung gestellt hatte und komponierte eine Laudatio in Form eines Ordens für Sebastian. Ich fand im Atelier des Schiffes nicht nur ein Petschaft mit dem Logo der Europa samt Siegellack sondern auch noch eine Rolle mit Seidenband in den Farben des Schiffes. Das gab dem Dokument etwas Feierliches. Zum Abschluss der langen Gängen des Essens, nachdem es im grossen Saale etwas ruhiger wurde und die Kellner nicht mehr so unter Druck waren, bat ich Sebastian an unseren Tisch und las ihm stehend den Orden vor. Unsere Tischgenossen und auch die Gäste an den Nachbarstischen schmunzelten und Sebastian war offenbar so gerührt, dass er den Tränen nahe war. Ich übergab ihm feierlich seinen Orden und gratulierte ihm.

ORDEN

Das Gutachten des Qualitätsschiedsgerichtes, welches Speisen und Getränke der Bordküche zu beurteilen hat, empfiehlt Herrn:

Sebastian Bublies

mit einem Orden zu ehren. Seine Verdienste zur Verbesserung der Kaffee-Qualität, insbesondere aber der Espressovarietät Ristretto haben für Aufsehen gesorgt. Nicht nur hat er dessen geschmackliche Qualität in sehr kurzer Zeit zur beinahe vollkommener Blüte gebracht, nein seine

Bemühungen führten das Getränk durch seine Pflege und liebevolle Behandlung sehr nahe an das italienische Vorbild, sodass nur noch beste Kenner der Materie Unterschiede zum Inbegriff guten italienischen Kaffees feststellen können.

Es ist uns daher eine Freude, dem tapferen Pionier erhabener Getränke heute diese Urkunde überreichen zu dürfen. Wir möchten diese Laudatio nicht beenden, ohne ihm weiterhin viel Unternehmensgeist und Experimentierkunst zu wünschen. Vielleicht erreicht er eines Tages tatsächlich die ganz hohe Kunst des Ristrettierens mit latte macchiato, wie sie im Land des guten Kaffees gepflegt wird.

Das hohe Gremium der Jury gratuliert ihm und wünscht dazu viel Erfolg auf seinem weiteren Weg zur Königin aller Kaffeequalitäten.

Gezeichnet für die Juroren
Dr. Fred Casadei
An Bord der MS Europa am 17. Januar 2009

Das Ereignis hatte offenbar schnell die Runde gemacht, denn viele sprachen mich auf die Diplomvergabe an. Auch der gute Giuliano hatte davon Wind bekommen und fragte mich, wer denn nun eigentlich den Orden verdient hätte…

Undank ist der Welten Lohn.

Die Alpen ein Gebirge? Eher ein Graben!

Mai 2009

Die guten Beziehungen, die sich nach dem zweiten Weltkrieg zwischen den Völkern im Norden und im Süden entwickelt haben, können gewisse Inkompatibilitäten nicht überdecken, die zwischen ihren Kulturen nach wie vor bestehen. Ihre Sitten und Umgangsformen werden oft unverändert beibehalten und ihre Unterschiede führen manchmal zu unüberbrückbaren Intoleranzen. Usanzen, die lokal keineswegs auffallen, werden erst bemerkt, wenn sie Teil einer Kommunikation zwischen

Nord und Süd werden. Hier ein kleines Beispiel, das das Phänomen aufzuzeigen hilft:

Es handelt sich um das Präludium eines Telefonanrufes bevor das eigentliche Gespräch beginnt:

Im Süden:

Nach dem achten Klingeln des Telefons im Salon vernimmt man:

„Hallo"

Mit einem sehr ärgerlichen Ton, so wie wenn der Angerufene denkt: „Wer zum Teufel wagt es mich zu stören?"

Auf der anderen Seite der Verbindung:

„Hallo"

Auch hier der Ton sehr ärgerlich, so wie wenn der Anrufende denken würde: „Warum kann der nicht ein bisschen freundlicher sein?"

Bis zu diesem Punkt handelt es sich wahrscheinlich um einen tief verwurzelten Ritus der Südländer, um sicher zu gehen, dass tatsächlich eine technische Verbindung erfolgreich zustande kam.

Dann;

„Ja" oder manchmal „Ja, ich höre"

Tonfall immer noch: „Warum stören Sie mich?"

„Sind Sie das, Frau Lang?"

Er wagt es, nach der Person zu fragen!

„Nein, was wollen Sie?"

So mehr oder weniger mit dem Ton:"was geht Sie das an?"

„ Sagen Sie, ich meine Ihre Stimme zu erkennen, sind Sie nicht Martin Lang?"

Zweiter Versuch den Partner zu identifizieren.

„ Am Apparat !"

Immerhin einer der Beiden ist identifiziert.

„Oh, das trifft sich gut. Ich wusste nicht, dass Sie in der Provence sind. Ich muss mit Ihnen reden".

Die Stimme ist plötzlich sehr viel freundlicher geworden.

„Sagen Sie, mit wem spreche ich?"

Der Tonfall immer noch sehr schroff.

„Ich bin Ihr Notar".

Kennt der mich denn immer noch nicht?

„Oh, Sie sind's Herr Doktor Kurz! Ich freu mich von Ihnen zu hören…Wie geht's Ihnen…"

Die Stimme ist nun überfreundlich geworden, süss wie Honig.

Immerhin, die beiden wissen nun endlich, mit wem sie es tun haben, und eine normale Konversation ist möglich geworden.

Das gleiche Telefonat im Norden:

Nach dreimal Klingeln:

„Martin Lang, guten Tag"

Sehr freundliche Stimme, man kann ja nie wissen, vielleicht ruft der Papst persönlich an.

„Doktor Kurz, ich grüsse Sie. Gut Sie am Apparat zu haben".

Welches Glück ihn direkt zu erreichen. Sehr freundlicher Tonfall.

Offensichtlich ist die Art, sich im Norden zu erkennen zu geben, wesentlich kürzer als im Süden. Aber es wäre für die Südeuropäer eine absolute Unmöglichkeit, sich einer solch brutalen Kürze zu bedienen. Die beiden Partner des Mittelmeerraums hätten bei dieser Kürze mit Sicherheit das Gefühl in das Wohnzimmer des anderen geworfen worden zu sein, so wie ein Stein durch die Fensterscheibe. Mit viel Krach und Scherben. Für sie wäre es untolerierbar, wie mit einem Donnerschlag gegenseitigen Kontakt aufzunehmen. Die barbarische Art des Nordens eignet sich nicht für den Süden.

Unnötig zu sagen, dass sich die Nordeuropäer, die mit einem Südländer telefonieren möchten, von dem hier üblichen Versteckspiel brüskiert fühlen. Sich nicht sofort mit dem Namen zu melden, wird im Norden als unhöflich empfunden. So, wie wenn jemand, der sich mit seinem Namen und einer Visitenkarte vorstellt, einfach mit Tschau abgefertigt wird.

Ein Telefongespräch quer über die Alpen kann man führen wie man will, man verletzt auf jeden Fall. Sei's mit der Steinwurfmethode oder dem Versteckspiel. Man kann sich mit Fug und Recht fragen, wie sich die Leute

mit dem Bell'schen Apparat über den Germano-Latinum
–Limes jemals vernünftig unterhalten konnten.

Es muss einmal gesagt werden!

Mai 2007

Auf dieser Welt gibt es Hundebesitzer und Normale. In der Schweiz dürften die Besitzer von Hunden (im Folgenden als BH abgekürzt) mit 500 000 Hunden zirka 6 % der Bevölkerung darstellen. In Frankreich bewegt sich dieselbe Ziffer bei 200 %, da ein Mensch hier mehr als zwei Hunde besitzt. Eigentlich merkwürdig, ein Volk voll Fröhlichkeit und grosser Kontakt-Freude. Man könnte meinen, dass diese Spezies nicht so sehr von Mitteln gegen die Vereinsamung abhängt. Die Schätzung mag vielleicht etwas ungenau sein, aber der Eindruck geht eindeutig in diese Richtung.

Die Wertvorstellungen der BHs weichen in grossem Masse von der Norm ab, wenn es sich um Hunde handelt. Die Beurteilungsskala ist grobfahrlässig dekalibriert. Der negative Teil des Massstabs wurde von den BHs willkürlich entfernt und die Werte um ca. 100 % nach oben verschoben. Der Versuch einer Neueichung scheiterte mehrfach und die objektive Beurteilung einer Hundeaffäre zwischen BHs und Normalen wird damit völlig verunmöglicht, wie in der Folge erkenntlich wird.

Meines Wissens ist der Hund ein sehr missglückter Versuch, den Wolf zu domestizieren. Wenn man einmal von den segensreichen Zufallsprodukten der Blinden- Lawinen- und Katastrophen-Hunden absieht, erkennt man Verwachsungen wie Zwergpinscher, Kretins, wie französische Bulldogs und Missgeburten wie die Bassets, die an Scheusslichkeit und Grauenhaftigkeit kaum zu überbieten sind. Sagen Sie das um Gottes Willen nie einem BH, er wird Sie lynchen oder vielleicht eher seinem Hund vorwerfen. Die Vielfalt der Abscheulichkeiten, die der Mensch im Laufe der Zeit aus dem Wolf gemacht hat, ist kaum aufzuzählen. Es ist auch charakteristisch für den charakterlosen Hund, dass er so was mit sich machen lässt. Ein Pferd blieb auch nach unzähligen Zuchtgenerationen einigermassen ein Pferd. Eine Katze hielt dem üblen Druck der Züchter weitgehend stand. Aber aus Hunden kann man alles machen, selbst Pitbulls und Dobermänner, die eigentlich mehr zum Inventar eines Waffenarsenals gezählt werden müssen.

Hunde lieben es, Menschen zu zerfleischen. Dazu hat man Ihnen das ursprüngliche Wolfsgebiss belassen. Die BHs wollen das so. Es stelle einen Schutz für sie dar. Ich frage mich natürlich sofort: "und wer schützt mich?" Der anerzogene Drang der Hunde, ihre Besitzer zu verteidigen, führt dazu, dass jeder, der nicht täglich als Hausfreund identifiziert werden kann, als Feind gilt. Er wird angegriffen, manchmal im Sturm, sehr oft mit fiesem Hakenschlag von hinten. Man weiss nicht wie man sich verhalten soll. Manche sagen, man soll ihm die Hand zum Schnuppern hinhalten. Das hätte mir beinahe mal die Hand gekostet. Andere behaupten, das Präsentieren seines Halses als sich tot stellendes Opfer am Boden liegend, helfe. Ich finde beides in höchstem Masse entwürdigend. Was denken sich denn die BHs? Sollen sich unbescholtene Bürger solchen Gymnastiken unterziehen, nur um den Zähnen des angeblich so braven Haustiers zu entgehen? Sind wir Nicht-BHs –immerhin die Majorität- eine Menge zweiter Klasse? Müssen wir, wenn wieder eine solche Bestie auf uns zu rennt und wir beim BH um Gnade flehen, jedes Mal sein Triumph ausstrahlendes und fies lächelndes Gesicht ansehen und hören: "Er macht nichts, er ist ganz brav". Man sieht, die Massstäbe sind tatsächlich schwer verfälscht.

In der Schweiz wurden kürzlich wieder einmal zwei Menschen von Hunden verspeist. Die Empörung dauerte zwei, drei Wochen und nach einem Jahr kam ein neuer Gesetzes-Vorschlag zur Lösung der Probleme. Er wird, soviel ist jetzt schon sicher, von den BHs abgeschmettert, obwohl sie nur 6 % der Bevölkerung darstellen. So bleibt dem Rest nur die alte Faust im Sack zu machen. Jährlich werden zirka 30 bis 50'000 Postbeamte, die das Postgut ins Haus bringen, von Hunden gebissen. Sie dürften „er macht nichts, er ist ganz lieb" Millionen mal gehört haben. Mit anderen Worten, die BHs sind nicht nur Werte verzerrend und anmassend, sie stellen die Wirklichkeit falsch dar!

Es war in einer Januarnacht, als ich den Weg über den Damm beim Lenzersee zur Bushaltestelle ging. Ich musste am nächsten Tag wieder arbeiten und war auf dem Heimweg nach Basel. Die Nacht war stockdunkel, der Weg am Damm mit schwachem Licht beleuchtet, als aus dem Wald ein Kalb auf mich zu galoppierte, Zähne fletschte und knurrte. Das Kalb war eine beinah mannsgrosse deutsche Dogge. Ich war zu Tode erschrocken. Aus einem Reflex heraus schrie ich: „halten Sie Ihren Hund zurück". Die Bestie, zwei Meter vor mir, hörte den Pfiff seines Meisters und liess mich am Leben. Sie drehte widerwillig um und trottete missgestimmt wegen ihres verdorbenen Vergnügens knurrend zu seinem Herrn zurück. Ich stand zur Säule erstarrt bis der BH sein Ungeheuer an die Leine genommen hatte und wagte neben ihm vorbeizugehen. Er hörte was von mir. Seine Antwort war nur, ich solle mich nicht so haben. Ich hätte ihn würgen können. In Basel stieg ich immer noch zitternd aus dem Zug. Die nächsten zehn Nächte bedrohten mich Hunde in üblen Albträumen. Eine gute und künstlerisch sehr begabte Freundin—früher selbst BH—bat mich kürzlich eine Fluoreszenzlampe bei ihr in der Garage zu montieren. Sie war an diesem Mittag offensichtlich nicht da, liess aber Türen und Fenster wie immer sperrangelweit offen, sodass ich Zugang hatte. Ich schrie kurz „Hallo", wie das in diesem Land sehr üblich ist und wollte mich auf den Weg zur Garage machen als eine schreckliche Missgeburt aus der Küche auf mich zugeschossen kam. Das Ungeheuer war nicht grösser als zwei Katzen aber der grauenerregende Kopf war zwei dicke Melonen gross. Der Anblick war entsetzlich. Zwei abstehende Augen fixierten mich. Aus dem riesigen Rachen hing eine Zunge bis fast auf den Boden. Das Tier verteidigte das Heim, das ihm nicht gehörte und sprang auf mich zu. Knurrend, bellend und Angst einflössend. Ich zog mich langsam vor das Gartentor zurück, indem ich meine Beine mit der langen Leuchte verteidigte. Draussen zitterten mir die Knie, aber ich konnte aufatmen, das Tor hielt. Einmal mehr meiner Würde entblösst, stand ich da und wollte wieder heimgehen, da kam ein hübsches Mädchen und fragte empört, was ich den hier zu suchen habe. Nach kurzer Klärung bat ich sie, mich vor dem Ungeheuer zu beschützen. Sie nahm das eklige Tier auf ihren weissen Busen und schritt hoch erhobenen Hauptes ab, nachdem sie ungläubig zur Kenntnis nahm, dass ich Angst vor solchen Viechern habe. Sie schüttelte den Kopf und dachte bestimmt, der Mann muss verrückt sein. Ein Bedauern oder gar eine Entschuldigung waren ein paar Lichtjahre von ihrem Gedankengut entfernt.

BHs gehen von der Annahme aus, dass die Erdoberfläche in bewohnten Gebieten grosszügig als Hundetoilette zu betrachten sei. Die meisten wissen, dass das illegal ist, aber es ist ihnen im wahrsten Sinne des Wortes scheissegal. Das bisschen Hundedreck kann doch nicht stören. Hundedreck von 500'000 Hunden allein in der kleinen Schweiz, das bedeutet jedes Jahr 182'000 Tonnen stinkenden, glitschigen und höchst unhygienischen Kot auf allen Wegen der Fussgänger. Das entspricht bei einem halben Zentimeter dicken Brotaufstrich ca. 36.5 Quadratkilometer jedes Jahr. Die Oberfläche des Kantons Basel-Stadt-Häuser weggedacht- würde dafür knapp ausreichen! Das wird geduldet! Gut, es gibt kleine Gebiete mit dem Gratisangebot von Hundekottüten. Sie werden nur sehr spärlich benützt. Mir dreht es jedes Mal den Magen um, wenn ich zusehen muss, wie ein BH die Schweinerei mit Tüte geschützter Hand aufnimmt. Bei Durchfall versagen auch diese Techniken. Die meisten BH legen das verknotete Päckchen dann malerisch zurück an den Ort des Geschehens und sind der Ansicht, damit ihrer Verantwortung genüge getan zu haben. Irgendein dummer Normaler wird sich sicher später darum kümmern.

Ich habe solche Tüten einmal längere Zeit beobachtet. Was sich da biologisch abspielt ist recht interessant. Der anaerobe Zersetzungsprozess in der von der Sonne gut erwärmten Tüte nimmt seinen Lauf. Die Gasentwicklung aus der exothermen Reaktion bläht die Tüte auf, dichter Knoten vorausgesetzt. Irgendeinmal explodiert die Granate und verteilt ihren Inhalt auf mehrere Quadratmeter in der Umgebung. Ein guter Geschäftskollege aus England sagte mir, als wieder einmal eine Beratungsfirma das bestehende Chaos in der Basler Chemie erweiterte statt zu verringern, „ the shit has hit the fan". Zu Deutsch ungefähr: „ Die Scheisse ist in den drehenden Ventilator gefallen". Insoweit haben Beratungsfirmen und Hundekottüten etwas gemein. Aussen fit, innen Scheisse.

Es gibt Städte—Basel ist so eine—und Erholungsgebiete—Lenzerheide ist so eines, wo das Spazieren gehen einem Slalom gleicht. Den Blick hinauf in die schöne Natur zu wenden ist mit argen Beeinträchtigungen bei der Schuhhygiene verbunden. Der winterliche Rundweg um den Lenzersee erinnert an eine Bobbahn aus gefrorenem Hunde-Urin. Da der Weg zu einem Naturschutzgebiet gehört, lassen die BH ihre Köter frei rumlaufen. Man kann doch das kleine Hunderl nicht dauernd an der Leine führen und zudem sind Hunde doch auch Teil der Natur…

Man stelle sich folgende Szene vor: Opernpremiere im Stadttheater, damals noch mit rotem Velourspannteppich ausgelegt. Etwas spät kommt der elegante Herr im schwarzen Anzug und zwängt sich –schon im Dunkeln– durch die halbe Parkettreihe, bevor er seinen Sitz findet. Sofort darauf ein Getuschel und Gemurmel, selbst nach Einsetzen der Ouvertüre. Es stinkt entsetzlich entlang der halben Parkettreihe. Der Herr riechts auch und sieht sich um, aber es ist dunkel und nichts mehr zu sehen. Eine verstunkenene Ouvertüre, einen übel riechenden ersten Akt und auch der zweite Akt duftete nicht nach Veilchen. Erst in der Pause hat sich das Geheimnis gelüftet: Der noble Herr ist offensichtlich kurz vor dem Theater in einen frischen Hundekaktus getreten und hat so eine blamable Spur hinter sich hergezogen. Die Damen rümpften die Nase, zwei Paare sind nach der Pause nicht mehr erschienen. Der Herr kündigte schuldbewusst sein Premieren-Abonnement und schämte sich so, dass er sich nie mehr im Theater blicken liess.

Wenn man ein paar Dutzend Musikern den Auftrag geben würde, den Antiklang, die Antiharmonie kurz das übelste Tonspektrum zu komponieren, das man sich vorstellen kann, dann käme nach einigen Monaten harter Arbeit „Gebell" heraus. Kein Tier ausser dem Hund ist in der Lage, solch ein horrendes, Ohren beleidigendes Geräusch zu erzeugen. Ich werde immer wieder an Unteroffiziere der Armee erinnert, wenn sie ihre Rekruten mit üblen Ausdrücken ankreischen. Es ist zutiefst beleidigend und erniedrigend auf einem harmlosen Spaziergang plötzlich von einem rabiaten Hausverteidiger so angebellt, angebrüllt oder wie man vulgärerweise, aber treffend auch sagt, zusammengeschissen zu werden. Es ist der Ausdruck tiefster Verachtung, der aus einem solchen

Klangspektrum spricht. Innerlich ist man aufgewühlt, ausserstande dieser Akustikgewalt Einhalt zu gebieten. Man muss es hinnehmen, es ist kein Kraut dagegen gewachsen.

Unsere Nachbarn in Südfrankreich besitzen --wie erwähnt-- viele Hunde. Man gewährt ihnen freie Entfaltung, ist gegen das so genannte Abrichten der Hunde und überhaupt ist antiautoritäre Erziehung hier eine beliebte Methode sich seiner pädagogischen Verantwortung zu entziehen. Jedes Mal, wenn Spaziergänger oder ein Fahrrad oder eine Ameise an den Zäunen dieser Nachbarn vorbeigeht, geht ein Tumult von vier (früher fünf) Hunden mit vollen Kehlen los, der noch Minutenlang nachtobt. Ein richtiger Hundeterror wie ein Nicht-BH aus Deutschland mal sagte. Obwohl das Spektakel sich x-mal am Tag wiederholt, gewöhnt man sich nie daran. Man nimmt unwillkürlich an der Aufregung teil und macht seine Faust im Sack.

Meine Frau erlaubte sich einmal schriftlich anzufragen, ob die beiden Nachbarn das für zumutbar hielten. Der eine hat nie geantwortet, die andere hingegen rief zwei Tage später an. Ich musste das Donnerwetter über mir ergehen lassen. Nie in meinem Leben habe ich mich so beschimpfen und beleidigen lassen müssen. Das ging gute zwanzig Minuten in einer Tour, ich sei unverschämt, zudem lüge ich und überhaupt solle ich doch da bleiben, wo ich her komme.

Aber auch meine Nachbarn in der Schweiz--links mit Boxer, rechts mit Setter--können einen zum Wahnsinn treiben, wenn sie ihre Hunde in die Wohnungen einsperren und tageweise zum Skifahren verschwinden. Die Hunde bellen in einer Tour. Dazu kommt ein Winseln, das sich nach fünf, seit Jahren nicht mehr geölten, Gartentüren anhört. Es quietscht, es lärmt, es kratzt an den Türen. Es ist jeweils kaum auszuhalten. Schlimm auch, dass das gleiche passiert, wenn die Herrschaften abends bis in alle Nacht auswärts sind. Der Hund in der für ihn fremden Umgebung veranstaltet einen höllischen Radau.

Ausserordentlich spannend wird's, wenn wir von Freunden eingeladen werden, bei denen wir noch nie waren. Nach dem Läuten an der Wohnungstür, mit Geschenken beladen, kann es vorkommen, dass ein Riesen Geheule loslegt. Kaum wird geöffnet, vollführt der Köter einen Heidentanz. Das ganze Haus wird mit dem Gebell eingedeckt, der Hund springt an einem hoch und knurrt einem an. Man wehrt sich so gut man kann, aber der Kerl hat einen schon am Hosenbein und sabbert einen voll. „Keine Angst, er ist völlig harmlos, er will nur spielen" Mag sein, ich aber will nicht spielen. Damit ist er mir schon böse und lässt mich einen Abend lang nicht mehr aus den Augen. Er knurrt und demonstriert sein Missfallen. Wahrscheinlich hat er längst meine Adrenalinausdünstungen gerochen und betrachtet mich als leichte Beute. Das Essen wird zur Folter. Der Hund wird unter den Tisch befohlen, wo er in unmittelbarer Nähe meiner Füsse jederzeit seinen Amputationsgelüsten freien Lauf lassen könnte. Welch eine Erlösung, wenn wir wieder heimdürfen. Schwierig werden meine, immer durchsichtig werdenden, Ausreden bei einer Wiederholung der Einladung. Manchmal verweise ich auf die Geschichte der Einladung von Herrn Erich Kästner. (Er rettete sich damals durch ein Toilettenfenster, wobei er sich einen Arm brach).

Meerstrände sind ein beliebtes Feld der BHs, ihre Freiheit und Unabhängigkeit zu demonstrieren. Mit allerlei Schildern versuchen die Behörden darauf hinzuweisen, dass Hunde am Strand verboten sind, mit oder ohne Leine, absolut und ohne Ausreden. Das hindert natürlich BHs nicht, ihre Freunde mitzubringen, wie sollten sie auch baden gehen ohne ihren Hund. Nach einer kurzen Karenzzeit, bei der der Kläffer an den Sonnenschirm angebunden wird, muss man ihn loslassen. Schliesslich muss er ja auch mal. So hat man dann die ganze Latte seiner Untugenden auch beim erholsamen Baden am Strand. Es grenzt für mich schon an Albtraumhaftes, wenn die Bestie zu mir ins Tiefe schwimmt und seine Spiele dort mit mir treibt. Das Untergehen ist dann nicht mehr weit. Meines, nicht dasjenige des Hundes.

Aber das Erstaunlichste an der Sache: es existiert real keine rechtliche Handhabe gegen all diese Widerlichkeiten. Bezüglich Lärms kann man sich erst Erfolg vor Gericht ausrechnen, wenn sich in einer Wohngegend ein Hundezüchter mit mehr als zwanzig Hunden etabliert hat. Das ununterbrochene Gebell ist an sich auch nicht zulässig, sofern es zehn Minuten überdauert, aber weisen sie einem Richter das rechtsgültig nach. Nein, die Advokaten helfen da nicht.

Wenn man bedenkt, wie eine relativ kleine Minderheit mit ihrer egoistischen Haltung die Menschen belästigen kann, natürlich ohne jede Absicht, wenn man bedenkt, was man alles in Kauf nehmen muss, damit sie ihren Vergnügen mit ihren „man made" Monstern nachgehen können, ist es mir ein Rätsel, warum der Rest der Welt sich nicht längst zu einer Revolte gegen BHs zusammen fand.

Ich glaube, ich werde mir am besten, nächstens einen Rottweiler zutun…

Von Rom führen alle Wege nach...TIVOLI!

Oktober 2006

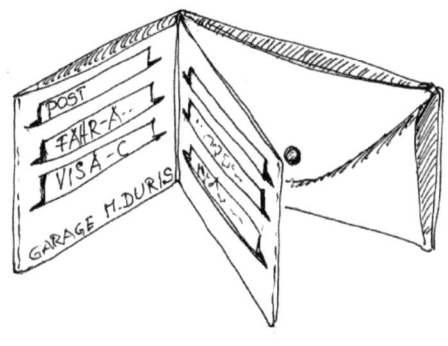

Die Reisen mit dem Seniorenclub von Rayol sind immer interessant und von jungen ortsansässigen Studenten als Reiseführer gut kommentiert. Diesmal ging's nach Rom und an diesem speziellen Tag nach Tivoli, zirka 40 km östlich von Rom. Die Villen von Hadrian und derer von Este waren unsere Ziele und Studienobjekte. Die eine römisch, die andere aus der Renaissance. Die eine von Kaiser Hadrian, die andere von zwei Kardinälen.

Mein 65. Geburtstag lag kein halbes Jahr zurück, sodass ich mich auf meine ersten ermässigten Rentnereintritte freute. Die ersten Greise der Franzosen waren bereits durch die Kasse. Sie brauchten nur mit ihrem Personalausweis zu winken. Bei mir: „STOP, macht 9 Euro!" Zunächst war ich sprachlos, dann stammelte ich auf Italienisch: „ ma perchè, warum denn?" Die Junge an der Kasse war eisig: Die Schweiz sei kein Land der EU. Es tönte wie eine Strafe wegen unserer Europaabstinenz. Voreilige sollten wissen, dass die Schweiz in vielen bilateralen Verträgen grosse Summen an die EU zahlt und so im Rahmen ihrer Möglichkeit an vielen Programmen der EU wie ein Vollmitglied partizipiert. Hierzu gehören insbesondere die Forschung, der Verkehr und die Kultur. Kein Grund also für die rüde Diskriminierung. Ich war wütend und fühlte mich zurückgesetzt. Der Tag begann nicht gut und mir schlug's heftig auf die Stimmung. Ich ging relativ schnell durch die schöne Villa und fand mich wieder an der Kasse. Ob diese Regelung in schriftlicher Form vorliege, wollte ich von der Eisigen wissen, worauf sie triumphierend hinter mich deutete. Da stand alles klitzeklein aufgeschrieben. Es stand auch da, dass Kanada, Australien und Dubai die gleichen Vergünstigungen geniessen wie Länder der EU. Die Sache wurde immer provozierender. Ein Brief an den Bundesrat war fällig. Wer sind wir denn?!

In der „Bar Centrale", vis-à-vis der Rocca Pia trank ich einen Cappuccino für 90 Centesimo. Eine ältere Signora mit Sorgen im Gesicht bediente mich. Die junge Tochter amüsierte sich mit ihrem Cellulare, wie die Handys hier heissen. Ich war der einzige Gast. Den Scontrino nahm ich gegen meine Gewohnheit mit. Ich wollte meiner Frau beweisen, dass es noch Kaffe unter einem Euro in Italien gab …

Beim Spaziergang durch das antike Tivoli verlor ich mich und suchte den Rückweg zu unserem Bus. Er sollte in einer Viertelstunde fahren. Ich wandte mich an einen Mann in meinem Alter und fragte nach der Rocca Pia. Der lachte und sagte, das sei nur ein Katzensprung, aber er fahre ohnehin dorthin, ich solle das kleine Stück mitfahren. Auf der kurzen Fahrt erfuhr ich, dass seine Familie seit acht Generationen in Tivoli ansässig sei, er zeigte mir versteckte Eingänge in die Villa d'Este, zwinkerte mit den Augen und sagte was von den Erbauerkardinälen, den Schwerenötern und setze mich neben unserem Bus ab. Da ich jetzt zu früh war, ruhte ich mich unter einem grossen Kastanienbaum mit Bank noch ein paar Minuten aus, bevor ich in den Bus stieg.

Drin der übliche Griff an die Hosentasche…nichts …Nervosität…nesteln an der Gürteltasche …nichts… Blick auf den Busboden… nichts. Zum Buschauffeur, „bitte anhalten! Sofort!" Ja, er könne doch nicht mitten im Verkehr…, doch,…ich raus zur Bank…nichts …zur Stelle, wo der Mann mich aussteigen liess …nichts…Schweissausbruch.

Die kurze Heimfahrt nach Rom verbrachte ich mit Nachdenken, was ich alles in meinem Portefeuille hatte: drei Kreditkarten, Identitätskarte, Führerausweis, Fahrzeugausweis, zwei Krankenkassenausweise und Geld - so zwischen zwei bis vierhundert Euros - und ein paar Visitenkarten. Es war klar, es kam eine arbeitsreiche Zeit auf mich zu.

Hotel Porta maggiore

Das Hotel an der Piazza Porta maggiore liegt an einem Platz mit Rundverkehr. Der Strom der lärmenden Autos, Motos, und vor allem der heulenden Sanitätswagen hört auch nachts nicht auf. Mit offenem Fenster zu schlafen war selbst für meine Frau ein Ding der Unmöglichkeit.

Um die teuren Hoteltelefongebühren zu sparen benützten wir mein Handy, um die Karten sperren zu lassen. Vorgängig baten wir unseren Freund P., der in Frankreich unter uns wohnt, unser schnurloses Telefon zu sich zu nehmen (man weiss ja nie) und uns die noch vorhandenen Kreditkarten zu melden. Zudem brauchten wir ja auch die Meldenummern fürs Sperren. Das ging mit der Postcard in der Schweiz gut, das ging mit der card bleu in Frankreich ganz leidlich, wobei man mir mitteilte, ich müsse unbedingt eine Verzeigung bei der Polizei nachweisen können, um später Ersatz zu erhalten. Die Dame am Telefon bat mich sogar eine Referenznummer der Abmeldung zu notieren. „Extra Klasse" fand ich, die schlechten Dienstleistung Frankreichs kennend. Es hat mich in der Folge allerdings auch nie mehr jemand nach dieser Nummer gefragt…Die Prepaidkarte meines Handys war inzwischen erschöpft, so dass wir das Hoteltelefon in Anspruch nehmen mussten.

Grotesk wurde es aber mit der VISA-Karte. Die Nummer führte nach Amerika. Nach langem Warten und dem üblich üblen Spiel mit der multiple choice, „wenn Sie… dann drücken Sie bitte", meldete sich eine dieser typischen Amerikanerinnen mit ihrer Quäcki-Stimme. „

What's your problem?" Nachdem sie mein Anliegen dreimal nicht verstanden hatte, wollte sie meinen Namen wissen:"Fred Casadei", How do you spell that? Eff AR I DI Ci AI ES AI DI I AI. How do you spell CI, ich darauf CI as in Ceasar, What? CI as in Ceasar. I can't understand you. Your name is CEASAR? NO!!! OH you mean CI as in Charly? YES YES YES.

"From which bank did you purchase your card?" „From Volksbank Dreiländereck Lörrach". How do you spell that… Nach Volksbank war's ihr zuviel, sie sagte wait a moment I will try volksbank. Uhh I have lots of Volksbanks. So ging das weiter bis wir zum Buchstaben „ö" in Lörrach kamen. Da versagten alle Künste der Kommunikation. Ich fragte sie verzweifelt, ob nicht jemand da sei, der Deutsch verstehe. Oh that's no problem. Dann wartete ich kurze zwanzig Minuten. „Ich sprechen deutsch, kann ich Sie helfen…"Es dauerte auch mit dieser Dame eine geraume Zeit bis wir durch die ganzen Fragen durch waren. Zur Sicherheit fragte ich dann noch:" Ist meine VISA-Karte jetzt gesperrt?" Sie sagte: „ NO, wir zusammenstellen werden eine Fax for Volksbank und morgen absenden, Sie können fragen Volksbank morgen, if gesperrt."

Das Nächste war die Sache mit der Polizeimeldung. Unten im Hotel sagten sie, der Polizeiposten – die Quästura -sei an der Guccistrasse, Wo die sei? Sie rannte zur ihren Stadtplänen, die da zu Tausenden in einem Block gebunden lagen und suchte die via Gucci. Ja, die sei da nicht mehr drauf, sie wisse auch nicht, wo das genau sei…Ich rannte auf die Strasse, vielleicht war da einer dieser chic angezogenen Typen der Polizia. Aber die waren jetzt alle beim Abendessen. Ich gab auf, denn inzwischen war in mir der Plan gereift, morgen nochmals nach Tivoli zu fahren, vielleicht liesse sich da was machen, und die Anmeldung konnte ich ja auch bei der dortigen Polizei machen.

Zweite Fahrt nach Tivoli
Mit dem Tram zum Bahnhof, mit der Untergrundbahn bis zur Endstation im Osten und dann per Bus nach Tivoli, das macht ungefähr zweieinhalb Stunden und 3.40 Euro. Als erstes stiefelte ich zur Signora in der Bar Centrale. Meine Frage nach meiner Borsa beantwortete sie negativ, wollte aber sofort wissen, was passiert sei. Ich erzählte ihr die kleine Geschichte und sie rätselte am Tivolesi rum, der mich transportiert hatte. Ob sie ihn wohl kenne?

Ich beschloss erst mal die Formalitäten bei der Polizia zu erledigen. Sie erklärte mir genau wo ich die fand. Vor dem hohen Gebäude standen zwei dieser strammen Typen, die Hände am Gurt, als wollten sie sagen, wagen sie es nicht, hier hereinzuwollen. Ich begrüsste sie höflich und trug mein Anliegen vor. Sie führten mich bis ins Treppenhaus des verwahrlosten Gebäudes und liessen mich vor einem Glasschiebefenster stehen. Der Chef der beiden begann nun eine hektische Suche nach Formularen, indem er nacheinander alle Schubladen der verschiedenen Möbelstücke in der Wachstube aufriss. Die meisten waren leer. Iin einer waren ein paar vertrocknete Bananenschalen, in einer zweiten verklebte Kaffeebecher und viel Papier. Er fand nichts Passendes und begann seine Suche von neuem, diesmal nahm er hin und wieder einen Stoss Papiers, der mit einem Gummiband zusammenhielt und durchsuchte den Packen erfolglos. Dann drehte er sich um und sandte den zweiten Mann nach oben, Formulare zu holen. Der ging und kam nie mehr wieder. Mit der Zeit ging der Chef den Zweiten suchen. Auch er kam nicht mehr, dafür aber kamen reihenweise Leute mit ernsten Anliegen, wie es ihre Mienen vermuten liessen. Es dauerte eine halbe Stunde und schon war der Chef wieder da und strahlte wie ein Kind, das eine Murmel gefunden hatte, er hatte nämlich die Formulare in der Hand. Er wies mich am, zwei davon auszufüllen. Ich fragte wo. Er meinte an der Wand, ginge das gut. Ich füllte also zwei identische Kopien von Kopien von Kopien aus. Wahrheitsgetreu machte ich ein Kreuz bei Verlust und bei Diebstahl, denn beide Möglichkeiten kamen in Frage.

In der Zwischenzeit nahm er die Anliegen der Wartenden auf. Je nach Kategorie stellte er sie in Gruppen links, in der Mitte oder hinten auf. Ein Fall von Autodiebstahl wurde an die Glastüre beordert. Inzwischen kamen seine Kollegen reihenweise von ihren Runden heim und stellten sich neugierig hinter ihn, selbst sein verschwundener Kollege erschien wieder von oben. Auch er stellte sich hinter ihm auf. Inzwischen erinnerte sich der Chef nicht mehr, welche Gruppe was wollte. Deshalb frug er immer wieder, schüttelte den Kopf und sagte Si,Si. Ich wagte nicht, ihm meine Kopien zu geben, Aber er schaute mich immer wieder an und sagte schliesslich Ah, la borsa.

Es dauerte keine weitere Stunde und schon schickte er mich in den dritten Stock. Ich müsse den Lift nehmen, die Zwischenetagen seien geheim. Der Lift war abenteuerlich. Ein Drahtverhau mit öligen Staub- und Spinnenfäden umgab ihn, rings um ihn wendelte sich die Treppe hoch. Man musste zwei Türen mit altertümlichen Griffen schliessen, bevor er sich in Bewegung setzte. Oben angelangt, stand ich vor fünf offenen Türen und wagte mich durch die erst beste. Glück gehabt. Ein ordenübersäter Offizier der Quästura in vollem Ornat pflanzte sich vor mich und sagte: "che desidera?" Ich sagte zuerst guten Tag und gab ihm anstelle einer Antwort meine beiden Bögen. Er vertiefte sich sofort in mein Schreiben und liess sich in seinen Stuhl fallen und mich draussen stehen. Als er nun endlich mal aufschaute, gewahrte er mich immer noch vor der Tür und forderte mich auf reinzukommen und auf einem Hocker, aus dem der Schaumgummi quoll, Platz zu nehmen. Er sass in einem prächtigen Lehnstuhl und studierte lange das interessante Formular. So ginge das nicht, meinte er schliesslich. Erstens müsse der Satz da mit dem Mann aus Tivoli verschwinden und zweitens müsse ich mich entscheiden, ob es nun ein Verlust oder ein Diebstahl sei. Wir einigten uns auf Verlust und ich bat ihn, die Korrektur auf dem Formular vorzunehmen. Nichts da. Es mussten zwei neue Formulare ausgefüllt werden. Zur Sicherheit verhandelte er noch eine paar Minuten mit seinem Chef, kam zurück und suchte nach neuen Formularen. Er riss sämtliche Schubladen auf und hatte Glück, dass der eine, der sie vorher fand gerade vorbeikam. Er konnte helfen. Ich schob sehr, sehr vorsichtig den Flohmarkt auf seinem Tisch zwei Zentimeter auf die Seite und füllte nochmals aus. So, jetzt war er zufrieden, weibelte nochmals zu seinem Chef und knallte drei verschiedene Stempel und zwei Unterschriften auf die Papiere und überreichte mir den Wisch, feierlich wie einen Trauschein, Arrivederci.

Ich wagte noch eine Frage zu stellen. Nehmen wir an, ein ehrlicher Finder würde mein Portefeuille hier abgeben, ob er in diesem Fall, es mir in die Schweiz nachsenden könnte? Er verwarf seine Arme. Das würde in Italien nie geschehen, die Dokumente seien durch die Anzeige ungültig und wertlos geworden. Sie vernichten solche Fundstücke, damit keine weiteren Schäden entstünden. Ich war baff, fragte aber dennoch weiter und was ist mit dem Geld?

Nie werde ich seine Antwort vergessen: Sie bestand aus der Geste eines Klavierspielers, der mit der linken und rechten Hand einen Lauf spielt, wobei beide Hände in der Mitte der Tastatur beginnen und an den Extremitäten aufhören. Zu Deutsch: "es versickert…"

La Signora

Eine Wahrheit weiser fand ich mich bei „meiner Signora" wieder ein und fragte sie, ob sie mir einen kleinen Text auf Italienisch korrigieren würde. Sie willigte freundlich ein. Ich schrieb einen Aushang, allerdings nur in A4, indem ich mich an die Cari Contadini di Tivoli wandte, sie um Mithilfe bat, einen alteingesessenen Tivolianer zu suchen, der mich gestern ein Stück mitgenommen hatte. Mein Name mit Adresse und ein grosses Grazie vervollständigten die Bitte. Sie überflog den Text korrigierte ein französisches que in ein italienisches che und versicherte sich bei ihrem Mann, ob ich das und jenes richtig geschrieben hätte. Er sass im Hintergrund und spielte an einem Glücksautomaten. Ich verstand langsam das traurige Gesicht der Signora.

Bevor sie mir den Weg zu einer Kopieranstalt wies, hatte sie noch eine gute Idee: Warum ginge ich nicht nebenan zum Lokalradio und liesse den Text über dieses Medium ausstrahlen. Ich nix wie hin. Eine Glastür, dahinter ein Hund..., ich klingelte trotzdem. Der Mann hatte volles Verständnis für mein Anliegen, sagte jedoch die Sendeabfolge werde durch einen Computer gesteuert und der müsse für so was erst programmiert werden. Beinah hätt's geklappt. Die zehn Kopien und die dazu verlangte Dose Reissnägel kosteten einen Euro. Mit dieser Last marschierte ich zum Ort der Autofahrt, piekste die Plakate an Bäume, alte Türen und warf sie in ein paar in Briefkästen. Mit dem letzten in der Hand fand ich eine Taverne inmitten der verwinkelten Altstadt von Tivoli. Eine ausgedehnte Weinpergola unter der mich der Wirt freundlich empfing. Nach der Pasta und dem Halben Rotwein trug ich mein Anliegen mit dem Plakat vor. Er war sofort voll dabei und suchte den auffälligsten Platz in seinem Geviert und stiess Nagel mit Plakat in die Planke in der Mitte. Unterdessen meldete sich mein Handy. Beim Abnehmen konnte ich nur noch lesen: "Leider ist zuwenig..." Aber es war ein Hinweis, dem ich nachgehen wollte.

Ich beschloss an Stelle des Busses, den Zug für die Rückreise zu nehmen und irrte im ganzen Ort herum auf der Suche nach einer Telefonzelle. Es gab welche, die waren aber seit Jahren ausser Betrieb, man sah es ihnen an. Nun, am Bahnhof wird es leicht sein, zu telefonieren. Der Weg dorthin war lang und heiss, aber nach dreiviertel Stunden war ich dort. Das Gebäude, gross, zweistöckig, repräsentierte den klassischen Bahnhof in Italien. Im Wartesaal sass ein heruntergekommener Mann, der vor sich hin fluchte. Daneben waren die Fahrkarten-

Schalter, die Scheiben eingeschlagen, dahinter Bretter die den Raum verrammelten. Ich ging einmal ums Gebäude. Ausser einem Bahnhofsvorstand mit roter Kappe, der an uralten Hebeln die Weichen für den kommenden Zug stellte, war da noch ein kleiner Kiosk, sonst tote Hose. Ich sah dem Beamten ein paar Minuten zu, dabei fiel mir nicht ein kleines Detail auf: Bei einfahrenden Zügen klingelt in Italien eine Glocke, um die Passagiere auf diese Gefahr aufmerksam zu machen. Hier war das so, dass der Vorstand durch eine kreisrunde Öffnung der Glastüre langte, in der einmal ein Ventilator montiert gewesen sein könnte, und der Glocke einen kleinen Stoss versetzte. Erst dann läutete es. Er machte das so automatisch, dass dieser Zustand sicher schon seit Jahren so bestand.

Ich erstand am Kiosk eine Karte und fragte nach einem Gettone für das Telefon. Der Barmann grinste und erklärte, dass es in Italien schon lange keine Gettone mehr gäbe, es bedürfe einer speziellen Telefonkarte, die er mir aber nicht verkaufen könne. Ob's mit Münzen nicht auch ginge, wollte ich noch wissen. Er zuckte mit den Achseln. Ich suchte die Örtlichkeit und fand die Glaskabine, vom Glas entkleidet, der Boden rausgerissen, mit Scherben übersäht und quer über dem Apparat klebte ein Streifen Papier mit „rotto". Nichts war's mit dem Telefonieren.

Im Zug war's eine Teilstrecke lang sehr angenehm ruhig, dann ergoss sich eine Legion Römer in die Abteile und die wollten nur eins: übers Handy mit ihren Freundinnen und Verwandten reden. Eine Legion Italiener alle zur gleichen Zeit redend, da kommen schon ein paar Dezibel zusammen. Statt in der Stazione Termini spuckte uns der

Zug im Bahnhof Tiburtina aus. Das war das Schrecklichste, was ich je als Bahnhof erlebte. Viel zu gross gebaut. Von den zwanzig Perrons wurden offensichtlich nur drei benützt. Die Legion und ich marschierten bis ganz ans Ende des Bahnsteigs, denn die Rolltreppe war zerlegt und voll Müll und nur am entferntesten Ende versteckte sich eine Hühnertreppe nach unten. Die Seitentunnels waren verbarrikadiert und hinter den Drahtverhauen stapelte sich der Abfall, auch ein toter Hund stank vor sich her…

Die U-Bahn und das Tram brachten mich zurück ins Hotel, wo ich eine kurze halbe Stunde mich hinlegen konnte, bis…

Mangelhafte Kommunikation

…meine beiden Damen, meine Frau und meine Schwester hereinplatzten, mich aus dem Schlaf rissen und beide gleichzeitig die Neuigkeiten heraussprudelten. Das Portemonnaie ist gefunden… P. habe mehrere Anrufe bekommen… Wir müssen sofort telefonieren… es ist da,…nein nicht bei der Polizei…du hast Glück, einer spricht auch Englisch… der andere nicht,… schau, wir haben die Nummern.

„Langsam", sagte ich noch etwas verschlafen, „jemand hat also mein Portefeuille gefunden?" Ja sagten beide gleichzeitig und du sollst es abholen im Laden. In welchem Laden denn? Ja telefonier halt, dann wirst du es wissen.

Und dann hob das grosse Telefonieren an. Auf einem Fresszettel hatte meine Schwester die Angaben in einem fahrenden Bus aufgeschrieben, während meine Frau das Handy bediente. Die erste Nummer war ein Flop, kein Abonnent unter dieser Nummer. Bei der zweiten war's genau gleich. Ich versuchte es mehrmals, inzwischen entdeckte ich, dass das Telefon einen lästigen Wackelkontakt hatte. Ich musste die Hörerschnur mit der Hand festhalten, dann ging's einigermassen. Also gleiche Prozedur nochmals. Gleiches Resultat. Ich fing an, die Nummer zu modifizieren, auch kein Erfolg.

Wir riefen P. an. Er war am Strand. Eine Stunde später bekamen wir ihn an die Strippe. Bei einer Nummer fehlten drei Sechsen. Neue Hoffnung, Aber leider auch kein Erfolg. Schliesslich war da noch ein Hinweis: Der Finder hiess Tespi, der andere Pietro und ein weiterer Name war da noch notiert: Micci Arelli. Vielleicht konnte man damit was anfangen. Runter an die Rezeption, wir hätten gerne ein Telefonbuch von Tivoli. Hätte sie nicht…Wir wieder rauf und leisteten uns die übermässig teure telefonische Auskunft. Kein Name unter Tespi in Tivoli, Pietro sei ein Vorname, und Micci Arelli existiere nicht. Es darf doch nicht wahr sein, kaum hatte man einen Faden zum Glück und schon ist er wieder gerissen. Ein Telefonbuch wäre wirklich ein Segen gewesen, aber wir kannten Rom mit seinen Unzulänglichkeiten.

Ich überlegte, wie ich die Spur wieder aufnehmen könnte. Dann kam mir der rettende Gedanke: La Signora!

Nach kurzer Suche in meiner Gürteltasche fand ich den Scontrino und - Gott segne diese Bar Centrale – es stand eine Telefonnummer drauf. Die Signora beglückwünschte mich und war sich sofort im Klaren, dass es sich nur um den Juwelierladen Micciarelli handeln könne. Wunderbar, wir hatten wieder Hoffnung. Die teure Auskunft konnte uns ohne weiteres die Telefonnummer das Ladens angeben. Nach dem barschen Pronto, versuchte ich dem Mann klar zu machen, dass er meine borsa habe und ich gerne vorbei kommen würde, um sie zu holen. Da wurde er aber wütend. Er wisse überhaupt nichts von einer borsa und wie ich denn auf ihn gestossen wäre. Im Hintergrund schrie ein Kind und meine Stimmung sank in ungeahnte Tiefen. Ich erklärte so gut wie's ging und fragte, ob er nicht ein Geschäft mit Namen Micciarelli habe? Doch und dann hielt er einen Moment inne mit seiner Schimpferei. Es gäbe mehrere Läden mit Micciarelli in Tivoli. Ich sollte in ein paar Minuten nochmals anrufen.

Nach einer bangen halben Stunde versuchte ich es erneut. Die Nummer, die ich suche, sei die und die und ich möchte ihn jetzt in Ruhe lassen, ein Wunsch den ich ihm gerne erfüllte. Nach dem nächsten Pronto sagte ich deutlich „Casadei" und dann kam nur…"FINALMENTE!". Er begriff nicht, warum wir so lange gewartet hätten, bis wir uns meldeten. Nach und nach wurde es ihm aber klar. In den beiden Nummern hatten sich nicht weniger als sieben falsche Ziffern eingeschlichen, die drei Sechsen mitgezählt. Ich meldete mich für morgen kurz nach Geschäftsöffnung an und bedankte mich ausschweifend.

Am Abend leisteten wir uns das Casetta, ein Restaurant hinter der Piazza Bologna, wo wir vor Jahren jeweils sehr gut gegessen hatten, mit schönem nun leider bereits stark reduziertem Antipastobuffet. Wir nahmen ein Taxi, der Busverkehr hat uns zu stark genervt. Es war wieder köstlich und sein teures Geld wert. Auf der Heimreise – wieder im Taxi – schlug meine Schwester vor, mal vorsichtig zu fragen, was eine Reise mit dem Taxi nach Tivoli kosten würde. Es war ein konstruktives hin und her. Er machte den Preis stark von der Tageszeit abhängig, da bis zum Annulare jeweils am Morgen grosse Staus das Weiterkommen behindern. Wir einigten uns auf 70 Euro bei einer Abfahrtszeit von neun Uhr morgens, wobei ich mir eine halbe Stunde Wartezeit in Tivoli vorbehielt.

Dritte Fahrt nach Tivoli

Der Rest ist schnell erzählt. Unser guter Taxichauffeur kam mit seinem Privatwagen, damit er die Uhr nicht mitlaufen lassen musste und kutschierte mich trotz starken Verkehrs in dreiviertel Stunden nach Tivoli. Ich setzte ihn bei der Signora ab, wo denn sonst, und fand bald den Juwelierladen der gross mit Micciarelli angeschrieben steht. Der Besitzer (Signor Pietro) war gerade damit beschäftigt, seine Auslagen wieder zu füllen, die er über Nacht ausgeräumt hatte. Ich kam und er wies mit seinem Zeigefinger auf mich und sagte laut: „SIGNOR DOTTORE CASADEI?" Ich bejahte und drückte seine Hand. Er begutachtete mich von oben bis unten und lief zum Telefon, da er Herrn Testi (nicht Tespi),- so wird er geschrieben - anrufen müsse, er verwahre die borsa selbst. Da ich auf der Fahrt nirgends einen Blumenladen gefunden hatte, erstand ich eine kleine Gemme mit Silberkettchen für meine geliebte Signora. Er liess am Preis kräftig nach, nachdem ich ihm versprochen hatte in der Schweiz bekannt zu machen, dass es auch ehrliche Italiener gab. Nach einer Viertelstunde erschien Signor Testi, schaute mir tief in die Augen und zog mein Portefeuille aus der Tasche. Ich sagte das Unpassendste, was man in diesem Moment sagen kann:"Mamma mia" und flog ihm um den

Hals. Er sagte mit leicht vorwurfsvollem Ton, ich hätte doppelt Glück gehabt. Erstens wäre er ein ehrlicher Mann und zweitens hätte er seine Fernsteuerung für das Garagentor vermisst und im ganzen Wagen gesucht, damit wäre er auf mein Portemonnaie gestossen. Mit ehrlicher Entrüstung nahm er meinen grosszügig bemessenen Finderlohn und beförderte ihn wütend wieder in mein Portemonnaie. Es war nichts zu machen. Wenigstens gab er mir seine Adresse. Dann wollte er mit mir einen Kaffee trinken. Ich stimmte zu, wollte aber die Bar bestimmen. So fanden wir uns dann alle zum „Ende gut Alles gut" bei der Signora., die sich die Geschichte noch sehr gern erzählen liess. Ein Foto wurde geschossen und eine lange Geschichte kam zu einem Ende.

Der Brief an den Bundesrat ist inzwischen abgesandt, eine Antwort steht indessen noch aus.

Nein, nach ca. 3 Wochen kam sie von Präsidentin Calmi-Rey. Sie bestätigt vollumfänglich meine Ansicht. Die Situation ist im Departement bekannt, und sie sind daran, mit den Italienern zu verhandeln.

Der öffentliche Verkehr in Rom

oder das Verhältnis der Römer zu ihren Besuchern

September 2006

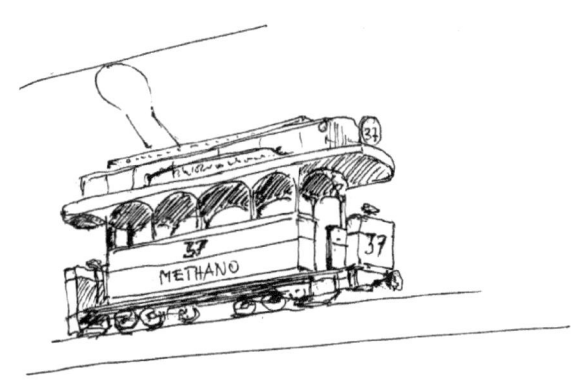

In Rom gibt es Busse, Strassenbahnen und zwei Untergrundlinien, die sich am Hauptbahnhof kreuzen. Man erreicht fast jeden Ort mit diesen Vehikeln, sofern man weiss wie. Die folgende kleine Hilfe soll in die speziellen Umstände dieser römischen Einrichtung einführen. Eines voraus: athletisch nicht gut trainierte Personen sollten sich von diesen Fortbewegungsmitteln fernhalten, das heisst sie weder besteigen noch ihnen zu nahe kommen. Wenn Sie's trotzdem versuchen, dann können folgende Hinweise vielleicht nützlich sein:

Wo bekommt man ein Billett?

Es gibt in ganz Rom keinen einzigen Fahrkartenschalter. Selbst am grossen Bahnhof Stazione Termini nicht. Wenn man einen Römer danach fragt, schüttelt er den Kopf und sagt „andate alla Tabacheria" nun das war schon immer so, aber am Bahnhof Termini? Ja auch dort. Nur steht man dort Schlange. Ich habe daher unsere zwei Wochenkarten an der Piazza Porta maggiore im Tabakladen gekauft. Gott sei Dank wusste ich aus dem Internet, was ich wollte und was es kosten könne. Die junge Römerin wuchtete aus dem Untergrund eine schwere Maschine auf den völlig belegten Ladentisch und stöhnte. Das sei einen Höllenmaschine, hin und wieder funktioniere sie auch. Das erste Billett kam nach vielen Eingaben auch prompt aus der Maschine raus, aber das zweite wollte partout nicht. Der Nachbar musste her. Er zerlegte die Eingeweide riss ca. 10 Karten raus und siehe da, schon kam eine weitere Karte raus. Man muss sie mit dem eigenen Namen und Geburtsdatum beschriften und einmal in den Fahrzeugen entwerten. Die Billetts sind so gross wie die in Paris, auch mit Magnetstreifen. Aber man steckt sie nach der ersten Entwertung niemals mehr irgendwo rein. Kontrollen haben wir auch nach einer Woche nie erlebt.

Wenn man sich die Mühe macht, das Kleingeschriebene auf der Fahrkarte zu lesen stolpert man über Abkürzungen wie: atac, Bit, Big, Cis, BTi. Dann wird einem noch mitgeteilt, dass das Multibit auf den Bahnen der Trenitalia und Cotral nicht gültig sei. Netterweise wird auch noch der Fall behandelt, wenn die Entwertung am Antritt der Fahrt nicht funktionieren sollte. Die diversen Angaben seien dann von Hand auf den Schein zu schreiben. Verwirrend ist der dann folgende Hinweis, dass der Titel (il titolo) nur 75 Minuten und nur für eine Fahrt gültig sei. Zwei verschiedene Vordrucke für Billetts zu drucken und verwalten, das ginge für die Römer zu weit.

Auf welchen Linien finde ich mein Ziel?

Das was der Münchner einen Streckennetzplan nennt, das was in Paris le reseau urbain heisst und eine Übersicht der Linienführungen mit den Umsteigeorten darstellt, existiert in Rom nicht. Weder in der Tabacheria, noch an den Haltestellen, noch in den Bahnhöfen. Man hält es nicht für möglich, aber es existiert wirklich nichts. Fremde belagern jeweils die Hotelrezeption um Auskunft über die zu verwendenden Linien zu erhalten oder steigen zermürbt in ein Taxi, wenn die gelangweilte Empfangschefin kategorisch erklärt „non c'è"; gibt es nicht. In Wahrheit kann kein Mensch in Rom die Gesamtheit der Linien überblicken und auch noch wissen an welchen Orten umgestiegen werden muss. Ich schätze das „non c'è" mehr als die gesichtswahrende falsche Antwort, die manche Römer mit voller Überzeugung und ohne rot zu werden verlauten lassen.

Wir haben nach langem Suchen doch tatsächlich einen im Ausland gedruckten Bus-Strassenbahn-Plan käuflich erstanden. Es ist ein normaler privat hergestellter Stadtplan von Rom in den mit kleinsten Buchstaben und Linien, alle in blau, die Streckenführung hinein gedruckt wurde. Kein Hotelzimmer in Rom ist gross genug, um den Plan zu entfalten. Auf der Strasse müsste man diese völlig sperren, um auch nur einen Blick hineinzuwerfen. Ohne gute Brille und Lupe ist ein Erfolg von vorne herein ausgeschlossen. Die Technik besteht dann darin, vom Startpunkt in Richtung Ziel eine der möglichen sechs bis fünfzehn blauen Linien zu verfolgen. An den Kreuzungspunkten sucht man dann jeweils zwischen drei und acht weitere Linien nach der gleichen Nummer ab. Oft verliert man sich im Gewirr des Netzes und beginnt wieder von vorne. Von vorne beginnt man natürlich immer dann, wenn eine verfolgte Nummer nicht zum Ziel führt, was der Normalfall ist. Der Versuch geht in die falsche Richtung. Man darf nicht mit schweizerischen Vorstellungen an das Problem herangehen. Hier muss man mit den Eingeborenen reden.

Das Abenteuer beginnt:
Einmal in das Vehikel eingestiegen sucht man sich einen Sitzplatz, den es natürlich nicht mehr gibt. Die Rettung besteht aus einem soliden Haltegriff, der im allgemeinen das Schlimmste verhütet, den er hält gut, dank dem klebrigen Schweiss den andere verängstigte Fahrgäste dort hinterlassen hatten. Die Fahrzeuge werden von den zermürbten Chauffeuren in einer Art on-off-Fahrweise betrieben. Volle Beschleunigung oder Vollbremsung. Berücksichtigt man zusätzlich die enormen Schlaglöcher und die rasanten Kurvenfahrten, so kommt man in den Genuss einer dreidimensionalen Schütteltherapie.

Die ganze Kirmes ist durch Geräusche aus dem Untergrund des Chassis' untermalt, die jeden Ingenieur ahnen lässt, dass das Wort Unterhalt wahrscheinlich in römisch nicht existiert. Selbst Elektromotoren, die akustisch den üblen Dieseln haushoch überlegen sein müssten, lassen furchterregende Geräusche verlauten.

Da es im September in Rom immer noch sehr heiss und vor allem sehr feucht ist, sind die Ausdünstungen der Passagiere recht intensiv und insofern global, dass Italien sehr viele Emigranten aus allen Herren Ländern aufnimmt. So lässt sich das Schweissspektrum der gesamten Erdbevölkerung ideal an einem Ort studieren.

All das tritt hinter der permanenten Angst vor dem Verpassen des rechtzeitigen Ausstiegs zurück. Wer hätte es anders gedacht: die Orte in der Tramkabine, die bei uns den Streckenplan mit den Umsteigeorten wiedergeben, wurden von den Römern durch eine Reklame von seltener Phantasielosigkeit ersetzt. Die elektronische Anzeige im vorderen Teil des Vehikels zeigt stur immer nur die Endhaltestelle, das aber mit laufendem Textband…

Es bleibt einem also nur, den Kopf soweit zu senken, dass man einen Blick auf die Haltestellentafeln ergattert. Die Haltestelle ist oben mit 2,5 cm grossen Lettern angezeigt, wobei zu beachten ist, dass gewisse Haltestellen mehrere Namen tragen…Die Suche nach bekannten Gebäuden wie zum Beispiel die Stazione Termini ist sinnlos, weil das Tram in einer Nebenstrasse hält, die nur Römer kennen.

Haltestellen…

Eigentlich die einzige Orientierungsmöglichkeit besteht bei den, an den Haltestellen angebrachten Tafeln. Zuoberst prangt –kaum lesbar- die erwähnte Haltestellenbezeichnung, der Rest der Tafel zeigt die zehn wichtigsten Haltestellen von einer bis vier Linien,. Die aktuelle ist rot umrandet. Nach der Liniennummer steht immer noch ein mysteriöser Grossbuchstabe z.B. U oder N. Bei U sollte man nicht an U-Bahn denken, die verschiedenen Organisationen des öffentlichen Verkehrs tun so gut wie gar nichts für die Koordination ihres Angebots.

Bei grösseren Knotenpunkten verteilen sich die effektiven Haltestellen auf ein Gebiet, das kaum überblickt werden kann. Manchmal liegen sie mehr als 300 m auseinander. Eine muntere Suche durch den tosenden Verkehr hebt dann jeweils beim Umsteigen an solchen Plätzen an. Dabei bedient sich der Römer einer argen List um den Fremden hinters Licht zu führen: Liniennummer 23 z.B. an der Piazza Venezia ist auf der Tafel zwar aufgeführt, die aktuelle Haltestelle ist –wie erwähnt- rot umrandet nur steht da nicht Piazza Venezia sondern Aera coeli, ein ganz kleiner Hinweis, dass der Fremde am falschen Platz wartet, denn Arae coeli ist auf der anderen Seite des Platzes. Der Teufel liegt im Detail…

Eine ganz fiese Bewandtnis haben Linien mit dem Buchstaben N auf der Tafel. Wir warteten auf die Nummer 78, die uns direkt zu unserem Ziel gebracht hätte fast eine halbe Stunde lang. Zirka 5 Linien der Nummer 87 passierten unseren Ort—keine 78. Meine findige Frau entdeckte unter dem N einen hübschen Vogel mit grossen Augen. Augen, die so gross sind, dass man sie in der Dunkelheit gut gebrauchen kann, kurz eine Eule. Diese Tiere jagen bekanntlich nachts und so tut es auch die Linie 78, nämlich von 0:20 bis 5:10. Schliesslich konnten wir auch das N entziffern; es stand für Notturno…!

Ein weiteres Schmankerl im Verwirrspiel ist die Destination „ BUS a Metano" auf der elektronischen Anzeige des Busses. Metano findet man in ganz Rom nicht. Die Anzeige weist mit römischem Stolz und der völlig verkannten Liebe der Römer zum Umweltschutz darauf hin, dass ebensolcher Bus mit Methan fährt.

U-Bahn - Cloaca maxima?

Abstiege in den Hades der römischen U-Bahnen sind mit einem roten M bezeichnet. Sie führen tief in das Erdinnere aus Respekt vor verborgenen archäologischen Schätzen, wie die Römer sagen. Das heisst lange Ab- und

Aufstiege. Gott sei Dank gibt es Rolltreppen, die allerdings, bis auf wenige ausser Betrieb sind. Die meisten Stufen dieser mechanischen Beförderungsmittel sind ausgebaut und das schon seit längerer Zeit, wie die Ansammlung von Müll in diesen Kavernen zeigt. Also muss man die Steigerei von Hand erledigen. Das Klima in diesen Höhlen gleicht demjenigen von Bangkok zur Monsunzeit: heiss und sehr feucht. Die Wände sind schwarz und mit etwa so viel Schmierereien versehen wie in der meist verschmiertesten Stadt der Welt (die liegt übrigens in der Schweiz!). Bei der Bewegung in Kurven produzieren die Gefährte einen unbeschreiblichen Lärm, malend, kreischend, manchmal klagend.

Immer wieder findet man verrammelte Gänge, die hinter Gittern einen Berg von Müll aufbewahren. Ich habe verendete Hunde darunter entdeckt...

Aber es gibt auch einen Lichtblick, nein nicht wenn man wieder ans Tageslicht kommt, nein in den Zügen klebt an den Wänden tatsächlich ein Plan der Haltestellen und die effektiven Stopps sind mit grossen lesbaren Buchstaben geschrieben. Bleibt das Ratespiel mit welcher Treppe man wo hinaufkommt. Hinweise dazu fehlen gänzlich.

Ein Flug nach Paris...

Februar 1995

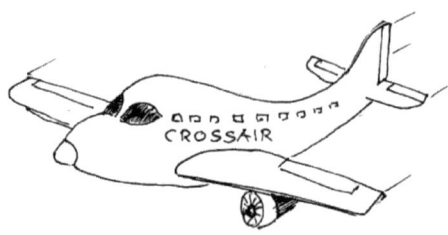

Ein Tatsachenbericht für alle, die ihren Chef immer beneiden, weil er auf Reisen darf. Crossair war eine Baslerische Fluglinie, die von Moritz Sutter gegründet, später mit der Swissair unterging.

Ich muss nach Paris an eine Sitzung. Gestern hörte ich, dass sie etwas länger dauert als angekündigt. Das bedeutet, dass ich den späteren Rückflug nehmen muss. Die freundliche Dame am Crossair-Schalter am Flugplatz bucht mein Ticket um. Sie will dafür SFr.100.--; freundlich aber bestimmt. Auf meinen Hinweis, ich hätte diese Art Ticket in Paris in den letzten Monaten öfters kostenlos umbuchen lassen können, sagt die Frau in der Crossair-Uniform kategorisch, das sei nicht möglich. Weiter will sie wissen, von wem ich denn mein Ticket hätte. Mit meinem Hinweis und dem Hörer in der Hand macht sie das Reisebüro darauf aufmerksam, dass die Kunden in jedem Fall über die Kostenfolge beim Umbuchen aufmerksam zu machen seien. Auch das sehr dezidiert und höflich. So jetzt weiss ich's. Als Geste bietet sie mir an, mich direkt einzuchecken, sodass ich mich nicht in die kleine Schlange am Check-in anstellen muss.

Dann schweizerische Grenzkontrolle. Keiner wird je verstehen, warum die uns bei der Ausreise kontrollieren. Bei der Gepäckkontrolle pfeift's, auch noch nachdem ich mich halb ausgezogen hatte. X-mal durch das Tor. Am Schluss war's ein Kugelschreiber. Anderen vor mir und hinter mir geht's ähnlich. Die meisten schauen ärgerlich.

Am Gate steht CRX742, auf meinem Ticket steht CDGX742, im Flugplan LX742. Auf meine Frage was nun stimmt, sagt man mir überzeugend: alles! Nur hat sich in meinem Ticket die Destination "CDG" (Charles-de-Gaulle) etwas verschoben. So hiesse der Flugplatz. Zudem teilt man mir sehr freundlich mit, dass der Flug etwas verspätet sei, wegen Luftraumüberlastung. Der Getränke-Bon, den man mir eine dreiviertel Stunde nach der offiziellem Abflugzeit überreicht, freut mich nicht mehr so sehr, nachdem ich mir bereits zwei Kaffees auf meine Kosten geleistet hatte. Den effektiven Grund für die Verspätung erfahre ich später durch einen Kollegen in der Sitzung. Es waren die Pompiers in Paris, die wegen Streiks nur eine Piste überwachten, sodass so ein Engpass entstand.

Der Abflug ist rund eine Stunde verspätet. Im Bus zum Flugzeug warten wir ca. 10 Min in der Kälte mit laufendem Motor und offenen Türen. Die Abgase finden ihren Weg in das Businnere und verbreiten ihren speziellen Duft.

Die Ansagen der Besatzung im Flugzeug sind kaum verständlich. Alle Konsonanten zischen und krachen so, dass es einem in den Ohren weh tut, wenn man, wie ich, direkt unter dem Lautsprecher sitzt. Warum wird im Zeitalter von high tech immer noch ein Telefon für die Ansagen verwendet?

Aber der Flug ist schön und ruhig. Er bringt mich zwar nicht rechtzeitig in meine Sitzung, dafür werde ich von der Hostess mit Getränken und Gipfeli verwöhnt.

Beim Rückflug abends soll ich mich am Gate B29 melden. Davon gibt es allerdings zwei im Charles de Gaulle. Ich erwische prompt das falsche und frage am Swissair-Schalter, ob ich hier einchecken könne, oder ob ein Crossair-Check-in bestünde. Nein, ich solle zu Air France gehen. Komisch, aber die akzeptieren mich tatsächlich, allerdings erst nachdem sie erschienen sind, denn dreiviertel Stunden vor Abflug ist dort niemand. Bei der Sicherheitskontrolle gleiches Spielchen wie am Morgen, x-mal durch die Schranke, diesmal hat ein Franc, der sich in der Hosentasche versteckte, genügt.

Die Bucht, in der man auf seinen Abflug wartet, nimmt einen praktisch gefangen. Nach näherem Hinsehen stellt man fest, dass es keine Toilette und keine Erfrischungen gibt, ausser man geht nochmals durch die Sicherheitskontrolle. Dafür hat die Air France gratis Zeitschriften aufgelegt. Es gibt englische, holländische, belgische und natürlich französische -insgesamt habe ich 27 verschiedene Blätter gezählt- aber keine einzige Zeitung in deutscher Sprache. Sind das noch Ressentiments aus dem 2. Weltkrieg?

Offizieller Abflug: 18:30, im Flugplan der Crossair steht allerdings 18:15. Um 18:18 kündigt eine Stimme an, wir müssten mit ca. 5 bis 10 "petites minutes" Verspätung rechnen. Grund : "late arrival of aircraft". Immerhin um 18:30 stehen wir wieder im Flughafenbus, natürlich mit laufendem Motor, bei grosser Kälte und offenen Türen; die Abgase... aber das hatten wir schon. Inzwischen kreischen Kleinkinder und toben im Bus herum. Die Mutter ist Anhängerin der antiautoritären Erziehungsmethode, ganz auf Kosten der übrigen Erdenbewohner. Der Bus schliesst um 18:42 die Türen und fährt ab, über viele Zubringerwege. Es scheint so, dass die Entfernung vom Gate zum Flugzeugstandort mit Erfolg maximiert wurden. Trotzdem erreichen wir das Flugzeug, aber man lässt uns nicht raus, ich verstand, wir sollten uns wohl das Motorengeräusch noch ein paar Minuten anhören, denn Motoren werden in Frankreich prinzipiell nur in grösster Not abgestellt.

Immerhin, um 18:50 lässt man uns raus und rein. Meine Frage, wie lange wir verspätet sein werden, kann die Hostess leider nicht beantworten, dafür ist sie aber sehr höflich. Wir warten also jetzt im Flugzeug, in Kolonne mit anderen. Die Luft riecht nach Flugpetrol. Abflug 19:29, also haben sich die "petite 5 minutes" auf 59 erhöht. Ich schwöre heilige Eide, die Dame im Charles de Gaulle wusste genau, dass es nicht bei fünf bis zehn bleiben würde.

In Basel landen wir nach gutem Flug, aber man lässt uns nicht aus dem Flugzeug. Wir müssten warten, bis das Gepäck ausgeladen sei. Ärgerlich für jeden, der keins hat, was bei vielen "Kurz-Geschäftsreisenden" der Fall ist. Das dauert seine 11 Minuten, aber dann dürfen wir in den Bus mit dem laufenden Motor. Da der Kinderwagen der besagten Mutter nun mit dem eingecheckten Gepäck weitergegeben wurde, gibt's Ärger. Sie will ihn auf dem Flugplatz haben und nicht erst beim Karussell. Gut, sie hat ja auch keinen baggage claim Ausweis. Bis der Transportwagen zurück ist, vergehen 8 Minuten, wieder mit laufendem Motor, wieder kalt, wieder mit offenen Türen.

Am nächsten Morgen hatte ich ein leichtes Kratzen im Hals, danach für zwei Wochen eine währschafte Erkältung.

Ich bin übrigens der Ansicht, -und ich meine das ernst- die Crossair war mit Abstand die beste Fluglinie der Welt.

PS: Ich hatte diesen Text Herrn Sutter geschickt und bekam postwendend eine gute Flasche Whisky mit dem Hinweis, sie helfe gegen Erkältung.

Lügenbaron

Dezember 2006

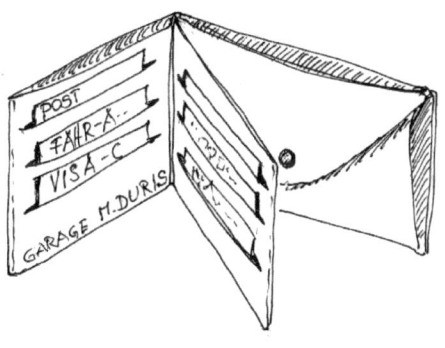

Es ist schon zur Tradition geworden, dass mir mein Garagist jeweils zu Weihnachten eine kleines Werbegeschenk sendet. Diesmal war es ein schönes und reich ausgestattetes Portemonnaie. Zur Erklärung der vielen Fächer waren Papiermodelle von Ausweisen, Kreditkarten und Banknoten eingesteckt. Ich bedankte mich mit nachstehendem Brief:

Lieber Herr D.,

Erneut kam von Ihnen ein schönes Weihnachtsgeschenk, das ich mit all den Kreditkarten und Ausweisen sehr gut brauchen kann. Die kleine Lampe aus früheren Jahren leuchtet mir den richtigen Weg immer noch. Vielen herzlichen Dank.

Nach einem schönen Fischessen in Lenz wollte ich mit der Eurocard von Ihnen bezahlen. Leider hat der Apparat die Karte zerstört, sodass ich in bar zahlen musste. Wahrscheinlich war etwas wenig Plastic daran.

Bei der Heimfahrt bin ich etwas zu schnell gefahren und wurde von der Bündner Kantonspolizei erwischt. Gute Gelegenheit Ihren Führerschein auszuprobieren. Die Schugger hätten Sie sehen sollen! Sie entzogen mir kurzerhand das Modell der Europäischen Gemeinschaften, sodass ich wohl oder übel meinen eigenen Ausweis zücken musste.

An der Tankstelle wollte ich mit der Diner's Club-Karte zahlen. Aber "oha lätz", der Apparat monierte:" Magnetspur nicht lesbar!".

Bei der Postbank bestellte ich Schecks auf den Namen „b.c. van dam Lucassen", aber die Bänker schrieben mir, sie kennten mich nicht und ich müsse meinen Personalausweis nachschicken. Da dieser jedoch auf Frau Erika Mustermann lautet, witterten die einen Betrug und konfiszierten kurzerhand beide Karten.

Sie sehen, ich hatte mit Ihren schönen Ausweisen und Kreditkarten nicht viel Glück. Jetzt bleibt mir nur noch das schöne lederne Portemonnaie und ich hoffe schwer, dass nicht plötzlich wer kommt und behauptet, dass das sein Portemonnaie sei.

Trotzdem nochmals herzlichen Dank und schöne Festtage wünscht Ihnen der Lügenbaron

Fred Casadei

FSC
www.fsc.org
MIX
Papier aus ver-
antwortungsvollen
Quellen
Paper from
responsible sources
FSC® C105338